La route des tempêtes

Castor Poche
Collection animée par
François Faucher, Hélène Wadowski,
Martine Lang, Cécile Fourquier et Céline Vial

Merci à Brigitte Hubert,
spécialiste de la civilisation hispano-américaine,
et Olivier Zanardo, professeur d'Histoire,
pour leur aide et leur amitié.

L'auteur remercie le Centre National du Livre
pour l'aide financière qu'il a apportée à
l'écriture de ce roman.

Une production de l'Atelier du Père Castor

BRIGITTE COPPIN

LA ROUTE DES TEMPÊTES

TOME 2

Tome 1 : Le quai des secrets

CASTOR PLUS

Les grands courants du XVIe siècle, p 212

Castor Poche Flammarion

Résumé du tome I :
Le quai des secrets

1544. Dans un petit port du Cotentin, Catherine et Jason attendent le retour de la Grande-Françoise, bateau armé pour Terre-Neuve par leur oncle Louis Lebesque.

Jason aurait voulu s'embarquer mais sa mère, Léonora, s'y est toujours opposée. La jeunesse oisive de Jason est occupée par l'écriture des comptes chez Louis Lebesque et son amour pour Madeleine, la jolie lavandière. Quant à Catherine, elle grandit silencieusement, coincée entre son frère et cette mère repliée sur elle même. Le père, Jean Lebesque, exerce à Nantes son métier de chirurgien-barbier.

À l'arrivée du bateau, Madeleine se laisse séduire par un jeune marin nommé Petit Louis.

Pour reconquérir sa bien-aimée, Jason vole un miroir au gentilhomme du village, Gilles de Mauriencourt. Peu après, la roue d'une charrette lui écrase le pied. La gangrène s'y met : il risque la mort. Acculée par la souffrance de Jason et par la pression du curé, Léonora finit par avouer un terrible secret. Sous le choc de cette révélation, Jason s'enfuit. Son pied malade ne lui permet pas d'aller loin et Catherine le retrouve inconscient sur la falaise. Jean Lebesque, arrivé à temps, réussit à le sauver.

L'aveu du secret est une libération : Léonora quitte le village pour suivre son mari. Jason réapprend à marcher et embarque sur la Grande-Françoise au prochain départ. De son côté, Catherine devient la secrétaire de la dame de Mauriencourt.

Au retour du bateau, Catherine et Jason se retrouvent, grandis et attirés l'un par l'autre.

Chapitre I

La voix du charpentier s'éleva dans le silence :

— Attention, les gars, tenez ferme et laissez filer doucement.

L'homme serrait à deux mains le manche d'un lourd maillet de bois. Avant d'ôter la dernière cale qui immobilisait le navire, il s'assura que ses aides, en haut de la berge, avaient solidement empoigné les cordages afin de freiner la descente du bateau. Sur l'autre rive, la foule retenait son souffle. S'il prenait trop d'élan, il irait s'abîmer sur les rochers qui barraient l'entrée de la baie. Mais le charpentier de marine connaissait son métier. Trois ans auparavant, il avait mis à l'eau la *Grande-Françoise*, un navire bien bâti que l'océan n'avait pas englouti, sans compter toutes les grosses barques qui ravitaillaient les ports du Cotentin.

— Allons-y, les gars!

Le charpentier laissa retomber son maillet.

La cale de bois venait de sauter, et la *Belle-Rosamonde* glissait doucement le long de la pente. Sur les visages, en face, roulaient quelques larmes. Car ce navire était promesse de pain et d'aventure : dans quelques semaines, il irait pêcher la morue vers les terres neuves par delà l'océan et, dans les familles de marins, une bonne soupe au lard remplacerait la bouillie de sarrasin. Les enfants auraient les joues plus rondes, les jambes bien droites. De leur côté, les hommes revenant de là-bas pourraient rouler des épaules et hausser la voix dans les tavernes. En cette année 1546, les routes maritimes vers Terre-Neuve étaient tracées depuis un demi-siècle mais les pêcheurs qui tentaient ce lointain voyage suscitaient encore l'admiration des autres.

Au moment où la poupe* toucha l'eau, Catherine ferma les yeux. Allait-elle tenir la

* Arrière du navire. La mise à l'eau d'un navire se fait par l'arrière.

mer, cette *Belle-Rosamonde*? La même question se pressait derrière le front de son oncle, Louis Lebesque, qui observait à côté d'elle la lente progression du navire. C'était lui qui en avait financé la construction; c'était lui aussi qui avançait la paie de l'équipage. Louis Lebesque ne craignait plus le risque. Il le côtoyait depuis si longtemps! Dans ses jeunes années, il avait affronté bien des tempêtes et couru tous les océans du globe, jusqu'à la pointe sud de l'Afrique et même au-delà. S'il ne s'attardait guère à raconter ses expéditions, sa robuste silhouette et la fortune qu'il avait amassée parlaient pour lui. Sur le port, on l'avait surnommé le Grand Louis, par respect pour ses exploits passés. Depuis qu'il était rentré au village, Louis Lebesque investissait ses deniers en lançant des navires vers le Nouveau Monde.

Mais, l'âge venant, ses jambes faiblissaient et, depuis les froids de Noël, une vilaine toux lui encombrait la poitrine. Le Grand Louis savait bien que la *Belle-Rosamonde* était son dernier navire. Pour lui aussi, cette naissance signifiait beaucoup.

La surface de l'eau s'écartait à présent pour recevoir le navire tout entier. La *Belle-Rosamonde* pencha d'un bord à l'autre avant de se redresser : une haute coque capable de résister aux houles de l'Atlantique et des cales profondes pour de lourdes cargaisons. Le charpentier ôta son bonnet de feutre devant la foule qui applaudissait. Il avait accompli son devoir. Désormais, la *Belle-Rosamonde* appartenait à l'océan et à ceux qui sauraient l'y mener.

Catherine s'avança jusqu'au bord du quai, humant l'odeur du bois neuf et celle des cordages de chanvre qui rappelaient encore la terre. Bientôt, la mer laverait tout cela et le sel s'incrusterait dans les moindres interstices.

— Bonne chance, *Belle-Rosamonde* ! murmura la jeune fille.

— Quelques pieds* de plus que la *Grande-Françoise*, n'est-ce pas mon oncle ? demanda Jason à Louis Lebesque qui s'appuyait sur son bras.

— Oui, répondit l'oncle Louis, j'ai prévu grand. Un jour, elle portera peut-être autre chose que du poisson... Mais, pour l'instant, on va voir ce qu'elle sait faire. Toi, mon garçon, tu embarqueras cette année sur la Grande-Françoise, comme l'an passé.

Le visage de Jason s'assombrit. Il souhai-

* Unité de mesure valant 0,324 m.

tait faire partie du nouvel équipage et il l'avait répété à son oncle mais celui-ci en avait décidé autrement, prétendant que la *Belle-Rosamonde* devait d'abord faire ses preuves.

La foule se dispersait peu à peu, attirée par les chopines de vin ou de cidre que l'on servait à l'auberge, sachant qu'en pareille occasion la patronne ne lésinerait pas sur le beurre dans les crêpes.

Bientôt, ils ne furent plus qu'un petit groupe à contempler le bateau. Jason appréciait en connaisseur la ligne de la coque et Louis Lebesque félicitait le charpentier qui les avait rejoints. Catherine écoutait parler les hommes, ne sachant que dire. Elle fut soulagée de voir arriver Gilles de Mauriencourt, le gentilhomme du village, qui la salua d'un sourire avant de s'adresser à Louis Lebesque :

— Mon cher ami, tout le monde parle de VOTRE navire et moi je trouve le monde bien injuste ! C'est oublier que la *Belle-Rosamonde* porte le prénom de mon épouse et qu'elle est bâtie avec le bois de mes chênes.

Le Grand Louis plissa les yeux en guise de sourire ; il n'oubliait rien. Les chênes de Mauriencourt se dressaient depuis des générations sur les hauteurs du village et il les avait longuement négociés avec le maître du manoir. Mais quelle bonne affaire ! Les arbres étaient magnifiques et le charpentier avait sifflé d'admiration lorsqu'il avait débité les troncs, tant le bois était dense.

Catherine regarda les deux hommes, l'un audacieux et l'autre autoritaire. Ces deux qualités réunies inspiraient confiance. L'oncle Louis ne s'était jamais beaucoup intéressé à elle : n'ayant pas de fils, il avait reporté tous ses espoirs sur Jason qui hériterait de sa maison et de ses bateaux. C'était bien ainsi ; entre les mains de Jason, les navires de l'oncle Louis auraient belle vie. Lorsqu'il était à terre, Jason regardait sans cesse vers le large. Pour lui, le monde commençait de l'autre côté des rochers qui fermaient la baie. Le village, avec ses ruelles et ses maisons basses, l'avait trop longtemps emprisonné. Jason était un oiseau de mer. Maintenant qu'il avait pris son envol, personne ne pourrait lui rogner les ailes…

Au printemps dernier, quelques semaines avant le départ de la *Grande-Françoise*, Catherine était entrée au service de la châtelaine de Mauriencourt, pour écrire les lettres que lui dictait la noble dame. Certaines d'entre elles étaient destinées à la reine Marguerite de

Navarre, la sœur du roi François, et Catherine s'appliquait à tracer des caractères élégants, bien lisibles. Pendant longtemps, elle n'avait pas cherché à comprendre le sens des phrases. Il y avait tant à faire entre l'encrier qui menaçait de se renverser et les ratures à éviter. Puis elle s'était habituée aux jolies tournures, aux mots inconnus. Ces dames des châteaux n'écrivaient pas : « Aujourd'hui, la santé est bonne. Le vent s'est calmé et le sarrasin a bien mûri. » Ou bien quelques mots pressés, comme ceux de l'oncle Louis : « La cargaison s'est vendue un bon prix. Je rentrerai mercredi. » Non. Elles échangeaient d'étranges propos, citaient des écrivains grecs morts depuis très longtemps ; elles s'interrogeaient sur Dieu et sur ces nouveaux chrétiens que l'on nommait protestants. Des longues lettres qui ressemblaient à des conversations.

Sans quitter la bibliothèque du manoir, sans affronter l'eau noire des nuits sans lune, Catherine, elle aussi, explorait des mondes nouveaux. Jamais elle n'avait eu tant de livres autour d'elle et chacun d'entre eux était un passionnant voyage. Le sire de Mauriencourt, qui venait sécher ses bottes devant la cheminée, avait d'abord lu des passages à voix haute, laissant ensuite le livre ouvert près de l'écritoire où Catherine travaillait. Lorsque la jeune fille en avait terminé avec les lettres, elle essayait de poursuivre la lecture. Un jour, elle avait osé lui poser des questions. Plus tard, elle demanda des livres sur les arbres et les plantes...

— Catherine, tu grelottes !

La voix de Jason contre son oreille la fit sursauter. Il lui souriait, tendant une veste qu'elle serra autour d'elle. Une brume froide tombait sur le port et le soleil de mars ne suffisait pas à percer la grisaille. Elle aurait bien voulu se réchauffer à l'auberge, comme les autres, mais lui préférait marcher le long du quai jusqu'à la *Grande-Françoise*. Elle le suivit. Devant le navire s'entassaient des tonneaux de sel pour la prochaine saison de pêche.

— Tu vois, dit Jason en désignant un endroit sur le pont. J'étais là quand on a vu une montagne de glace venir sur nous.

Catherine sourit. Il lui avait déjà raconté cette terrible rencontre.

— Quand ça te surgit sous le nez, cette énorme masse jaillie de la brume, tu ne peux t'empêcher de faire ta prière !

— Le pilote aurait dû se méfier…

— Tu penses bien qu'il était aux aguets ! Je me suis cramponné aux haubans et j'ai hurlé : « Une montagne sur l'eau, droit devant ! » Nous avons frôlé cette espèce de fantôme. On entendait la glace craquer… presque un bruit de tonnerre.

— Comment fais-tu, Jason, pour résister à toutes ces peurs ?

Agacé, il leva les épaules. Cette fille qui restait à terre, enfermée avec ses livres, voyait le danger partout.

— Tu ne peux pas comprendre. Après, on a levé le poing et on lui a crié des injures, à cette mauvaise rencontre. C'était tellement bon d'être les plus forts ! Tu vois, Catherine, moi je me dis que sur un bateau, le pire ce n'est pas la mer et ses périls. Le pire, je crois, c'est un capitaine qui devient fou ou un ennemi qui te cherche des noises.

Il semblait réfléchir. Elle finit par demander :

— Que crains-tu ?

— Rien. Mais je suis bien content que Petit Louis embarque sur la *Belle-Rosamonde*. Je n'aurais pas aimé avoir sa méchante trogne en face de moi à chaque manœuvre.

Catherine fit la grimace. Louis Hamel, dit Petit Louis : des petits yeux de cochon et des mains comme des étaux. Elle non plus n'aimait pas le rencontrer dans les ruelles du village. Mais puisqu'il n'était pas sur le même bateau…

Accroupi au ras de l'eau, Jason lui tournait le dos, observant chaque détail du navire immobile. Elle se pencha pour lui toucher l'épaule.

— Quand tu es revenu l'été dernier, je t'ai trouvé beau…

Il ne répondit pas, posa simplement sa main sur la sienne.

— Tu étais un bel inconnu et plus du tout mon frère.

— Mais je ne suis pas ton frère, Catherine !

— Oh, Jason, gémit-elle, tout cela est trop compliqué ! Nous avons été élevés ensemble et puis un jour on nous apprend que notre mère n'est pas la tienne !

Ils gardèrent leurs doigts enlacés, mêlant aussi leurs souvenirs.

— Quand on a franchi la passe au retour, murmura-t-il, la première chose que j'ai vue, c'était ta chevelure.

Elle savait qu'il ne mentait pas. À peine débarqué, il l'avait prise dans ses bras et embrassée amoureusement. Elle n'avait pas l'habitude d'être ainsi serrée contre ce grand corps que la mer avait endurci, caressée par ces mains devenues rudes. Plus tard, il avait ouvert pour elle sa malle aux trésors et elle avait tout admiré : les plumes multicolores, les peintures rouges dont les indigènes s'enduisaient le corps et même ce beau morceau d'ivoire qu'elle prit pour de la corne de licorne. Il riait et l'embrassait sans cesse. Elle tremblait un peu en palpant les objets. Lui avait connu cela avec ses yeux, touché avec ses mains et gueulé plus fort que le vent… À côté du grand souffle qui le faisait vibrer, son écritoire et ses livres à elle n'étaient-ils pas un univers trop étroit? Un jour, avec la permission du sire de Mauriencourt, elle avait conduit Jason jusqu'à la bibliothèque du manoir. Dans la grande pièce tiède où luisait le cuir des reliures, il avait cherché la fenêtre.

— On manque d'air ici!

En silence, ils étaient rentrés par la falaise, cherchant sur les sentiers le souvenir de leurs jeux d'enfants.

— Et maintenant, Jason? demanda Catherine en serrant plus fort les doigts qu'elle tenait toujours.

— Tu vois, je repars.

— Et moi, j'attends ? Comme Marie Letourneur et toutes les autres ? Et puis un jour, devant moi, on débarque un moribond usé par la mer et la maladie qui a lutté pour mourir chez lui, entre ses draps ?

Elle haussait le ton, laissait monter une grande colère.

Il soupira :

— Je ne te demande pas cela, même si beaucoup de femmes du pays s'en contentent.

Elle poursuivit d'une voix sourde, pour elle-même plus que pour lui :

— Eh bien non, je n'ai pas envie d'attendre. Pas envie de guetter le retour d'un homme qui, à peine débarqué, ne regarde que la mer et les bateaux.

Elle frissonna dans la brume froide et Jason ne mit pas ses bras autour d'elle. Chacun avait de la peine mais ils avaient tout dit.

De l'auberge leur parvenaient des voix et des chants, le raclement des tables qu'on traînait sur le pavé de granit. À n'en pas douter, on allait bientôt danser…

***

Quelques jours plus tard, au dernier coup de

midi, un voyageur descendit de cheval devant l'auberge, cherchant la demeure de Louis Lebesque, rue des Gués. La grosse Angèle questionna l'étranger avant de répondre, si bien qu'au coucher du soleil tout le village savait que Martin Roze, le nouveau pilote de la *Belle-Rosamonde*, venait d'arriver. Le Grand Louis l'avait fait venir de Dieppe, et cette étrange décision animait les conversations.

— Pourquoi pas un gars d'ici ? À croire que ceux de là-haut connaissent mieux la mer que nous !

— On ne sait même pas qui il est ! Vous avez vu sa tête, au moins ?

— Un grand blond à ce qu'il paraît, à peine la trentaine. On dit aussi que sa famille viendrait d'Angleterre.

Les uns faisaient la moue, d'autres crachaient par terre. Thomas, le pilote de la *Grande-Françoise*, fut interrogé et ne sut que répondre. Jason, qui logeait chez son oncle, chercha à glaner des renseignements. En vain. Pour calmer les esprits, le Grand Louis rassembla les deux équipages chez l'Angèle. Les femmes vinrent aussi, accrochées au bras de leur mari. Tout ce qui touchait le prochain départ les concernait de près. Louis Lebesque présenta Martin Roze comme un ami en qui il avait totale confiance. Grand connaisseur des fonds marins, ce pilote remarquable saurait trouver de nouveaux bancs de poissons pour une pêche encore plus fructueuse.

Quand ce fut à son tour de parler, Martin Roze se contenta de planter son regard dans l'assistance, affirmant qu'on le jugerait à l'ouvrage. Puis il demanda de la bière, ce qui fit rire autour de lui. Depuis que l'aubergiste servait l'excellent cidre des vergers de Mauriencourt, sa réputation dépassait les frontières du village. Et puis, de la bière avec les crêpes de l'Angèle, ce n'était pas Dieu possible ! Une fois que le pilote eut goûté et apprécié le nouveau breuvage, personne ne lui garda rancune.

— Ah ! S'il pouvait tenir le cap comme il tient sa chopine ! s'exclama une voix dans le brouhaha.

— Moi, je l'ai vu le compas à la main, déclara Jason, je vous jure que cet homme-là sait tracer une route.

Peu à peu les visages se détendaient. Au milieu d'un groupe, Petit Louis restait méfiant :

— Alors trinquons à la cargaison qu'on rapportera grâce à vous ! Et si le poisson ne mord pas, qu'est-ce qu'on fait ? ricana-t-il. On vous flanque par-dessus bord ? Sur nos bateaux à nous, pas besoin de bouches inutiles !

À quelques pas du pilote, Jason se demanda comment celui-ci allait réagir. Martin Roze lui tendit sa chope afin d'avoir les deux mains libres, qu'il posa lourdement sur les épaules de Petit Louis.

— Comme bouches inutiles, il y a aussi celles qui feraient mieux de se taire. Écoute-moi bien, l'insolent : tu seras riche au retour de ce bateau-là et je ne te le dirai pas deux fois.

Un attroupement s'était formé, et l'on crut un moment que Petit Louis allait lancer le contenu de sa chopine au visage de son adversaire, mais le pilote se retournait déjà vers Louis Lebesque comme s'il ne s'était rien passé. Les conversations, un moment perturbées, s'animaient à nouveau lorsque la porte grinça. Catherine apparut sur le seuil. Elle s'était hâtée depuis Mauriencourt et la course lui avait coloré les joues. Martin Roze la dévisagea avec insistance.

— Ma nièce, Catherine Lebesque, fit le Grand Louis.

Le pilote s'inclina si galamment que Catherine sentit le rouge lui descendre des joues jusqu'à la gorge. Heureusement que l'oncle

Louis et Jason étaient là ! Elle les désigna d'un geste maladroit.

— Vous voilà bien entouré, monsieur, pour causer des vents et des marées.

— En effet ! Une vraie famille de marins !

— Détrompez-vous : mon père, Jean Lebesque, est médecin à Nantes...

Jason précisa, le visage grave :

— Il a déjà tenté d'audacieuses opérations. Sans lui, j'aurais perdu un pied ou la jambe et peut-être la vie.

— Les hommes comme lui sont trop rares, renchérit Louis Lebesque qui reprenait son souffle après une quinte de toux. La plupart des médecins n'ont jamais disséqué un mort ni même palpé un corps vivant pour en comprendre les souffrances. En cela, mon frère ne ressemble pas aux autres !

À les écouter parler ainsi de son père absent, Catherine sentit l'émotion lui piquer les yeux. Dans l'agitation de ce départ imminent, la calme assurance de Jean Lebesque lui aurait été si précieuse...

***

À la mi-mars, la *Belle-Rosamonde*, enfin munie de ses mâts et des voiles, semblait impatiente de déplier ses ailes. Autour des navires, les hommes s'affairaient aux derniers préparatifs : d'abord les tonneaux de biscuits de mer, de vin et de sel, puis les cageots de vivres frais, les raves et les premières carottes du printemps. Enfin, on apporta des nasses de poules vivantes et un cochon pour chaque bateau. Celui de la *Belle-Rosamonde* pesait si lourd qu'il fallut le hisser au palan* car l'animal refusait de monter à bord sur ses pattes. Il trouva sa place, attaché au pied du grand mât, et les marins lui tapotaient les jambons à chaque passage en pensant aux bonnes potées qui leur réchaufferaient le ventre.

Les maîtres d'équipage inspectaient le chargement, veillant à ce que tout fût soigneusement calé. Au beau milieu de l'Atlantique, le roulis aurait tôt fait de déranger les objets mal arrimés ! Pendant ce temps, les pilotes avaient pris possession de la grande chambre à l'arrière des navires. Martin Roze, ayant rangé ses précieuses cartes dans un coffre

* Appareil de levage muni de poulies.

cadenassé, décida qu'il ne descendrait plus à terre.

— Un pilote n'abandonne pas ses instruments, déclara-t-il simplement, et Louis Lebesque parut lui donner raison.

Quand tout fut prêt, le père Anselme, le curé du village, vint bénir les bateaux et les équipages, s'assurant que chaque homme s'était confessé avant de quitter sa surveillance.

Par chance, la brise s'était mise au nord-est. Il fallait en profiter : le départ fut fixé au lendemain.

À la nuit tombante, tandis que les marins fêtaient en famille leur dernier soir à terre, Louis Lebesque fit embarquer sur la *Belle-Rosamonde* deux lourds ballots bien enveloppés qui furent rapidement engouffrés en fond de cale. Ce chargement passa inaperçu.

Enfin, le jour vint. Deux heures avant la marée haute, les marins arrivèrent l'un après l'autre, le sac sur l'épaule. Devant chaque navire, les familles s'agglutinaient en groupes compacts. Les hommes cherchaient à monter à bord au plus vite pour échapper aux pleurs et aux interminables baisers. Une fois en mer, chacun vaquerait à ses occupations et tout serait plus facile. Catherine se tenait devant Jason, ne trouvant aucun mot, aucun geste à lui offrir. Cette séparation n'était pas déchirante, seulement triste. Ici sur la terre, le temps serait doux. Bientôt l'odeur acide des fougères embaumerait la falaise, le lin fleurirait en vagues bleues, un poulain naîtrait à Mauriencourt... Que faisait-elle donc au milieu de toutes ces femmes en larmes? À quelques pas, Marie Hamel frottait sa joue sur l'épaule de Petit Louis, son fils aîné. Catherine sursauta : pourquoi celui-ci était-il de leur côté alors que sa place était sur l'autre navire?

D'un mouvement discret du menton, elle interrogea Jason qui se pencha vers son oreille :

— J'ai appris ce matin qu'il embarquait avec nous. Il paraît qu'il ne veut pas naviguer avec le nouveau pilote, et Martin Roze ne tient pas non plus à l'avoir sur la *Belle-Rosamonde*.

Ils n'eurent pas le temps d'échanger davantage. Les maîtres d'équipage s'impatientaient. Il fallait monter à bord. Elle le regarda une dernière fois, intensément, puis se détourna la première.

À l'écart de la foule, le dos collé au mur de l'auberge, elle vit les deux coques se séparer de la terre et glisser lentement vers la haute mer. Une fois la passe franchie, la *Grande-*

Françoise et la *Belle-Rosamonde* prirent le temps de sentir le vent avant de piquer vers l'ouest.

Sur le chemin de la falaise, en remontant vers Mauriencourt, Catherine distingua encore leurs fragiles silhouettes et se mit à chanter pour ne pas pleurer.

Chapitre 2

Pendant les jours qui suivirent, il suffisait d'observer le ciel pour savoir si les marins avaient bonne mer. À longueur de journée, les vieux sur le port estimaient l'allure des deux navires et leurs interminables commentaires faisaient le tour du village. Ainsi, on avait l'impression que les absents étaient encore tout proches.

Chaque matin à Mauriencourt, Catherine montait au sommet de la tour. Elle regardait vers l'ouest, traçant une ligne imaginaire entre elle et eux, une ligne de plus en plus fine à mesure que les jours passaient. Un matin, elle sut que ce fil fragile s'était rompu. Les navires avaient certainement dépassé l'île d'Ouessant.

Autour d'eux s'étendait l'immensité mouvante et rien d'autre pour accrocher le regard. Catherine se retourna vers la terre pour contempler les champs qui verdissaient et se jura de chasser la tristesse chaque fois qu'elle reviendrait.

***

Ce fut ce jour-là que parvint la méchante nouvelle.

Au milieu de la matinée, un colporteur frappa à la porte de service. Guillemette, la cuisinière, le houspilla à cause de ses souliers boueux mais poussa un cri lorsqu'elle vit l'homme s'affaler sur le banc de pierre sans prendre la peine de poser sa hotte. Les yeux clos, il demanda à boire et but à même le pot qu'elle lui tendait, laissant couler l'eau sur son menton.

— Je viens de Coutances et j'ai marché vite, murmura-t-il entre deux gorgées, fallait bien que je me sorte de là.

Catherine et Guillemette se regardèrent sans comprendre. L'homme reprit :

— À Saint-Lô, ils ont bouclé la ville, à Cherbourg aussi. Y en a qui tombent dans la rue et quand la charrette passe pour les ramasser ils sont déjà tout noirs.

La cuisinière fit le signe de croix.

— Grand Dieu, la peste ? Oh, bon saint Antoine, priez pour nous !

Le colporteur hocha la tête.

— À Coutances, ils étaient aux aguets. Et puis, hier au soir, le tocsin a sonné. Il paraît que la maladie est entrée par la boutique d'un fripier. À l'auberge où je logeais, une femme a été prise de fièvre dans la nuit. Quand je suis parti à l'aube, les officiers de santé devaient passer pour l'emporter.

— L'emporter où ? demanda Catherine, la gorge serrée.

— Aux cabanes. Là où l'on enferme les pestiférés. Tant qu'ils sont entre eux, ils gardent la maladie pour eux. Mais dans ces lieux-là, c'est pas beau à voir. Ça grouille de vermine, à ce qu'on dit, et on leur apporte pas souvent à manger. J'en ai vu de ces cabanes, construites dans la boue des fossés… Moi, je préférerais mourir tout seul dans un champ.

— La peste ! Ah, la sale bête ! cria Guillemette. La revoilà, sans qu'on lui demande rien ! Faudrait pas croire qu'elle va nous avoir comme ça !

Elle avait agrippé son balai qu'elle agitait vigoureusement, comme si elle repoussait un invisible assaillant.

Catherine recula instinctivement vers la cuisine. Depuis qu'elle était née, la peste n'avait pas touché le village. Tous les cinq ou six ans, on en entendait parler aux alentours ; la maladie frappait surtout les villes et Louis Lebesque affirmait que le vent de la mer nettoyait toutes les pestilences. Mais l'homme qui était là avait respiré le même air que les moribonds... Le mal était-il déjà sur lui ? Catherine sortit son mouchoir et s'en couvrit le nez. La peste, c'était pire que la mort. Guillemette l'avait bien dit : une bête puante et fourbe. La mort, tout le monde l'avait vue de près ou de loin. L'an dernier, elle avait emporté Pierre Letourneur, rongé par un flux de ventre ; et le bébé de Léonora né l'été précédent, qui n'avait pas vécu trois semaines, malgré les soins de Jean ; puis le grand père Hamel qui avait subitement perdu l'esprit et qu'on avait dû attacher dans son lit... Cette mort-là faisait partie de la vie. Les vivants avaient le temps de la voir venir. La peste, non.

L'homme se dressa sur ses jambes, ajusta sa hotte sur ses épaules et remercia pour l'eau fraîche. Dans sa main ouverte, il offrit à Guillemette un mince galon de dentelle. La cuisinière n'osa s'approcher. Sans un mot, il posa son présent sur le banc et s'en alla.

Dès qu'il eut disparu, Guillemette jeta une brassée de laurier sec dans la cheminée de la cuisine et alluma une grande flambée pour dissiper les mauvais effluves. Tout en tisonnant les branches crépitantes, elle chuchota à Catherine qu'il valait mieux garder le silence sur cette visite. Si la dame de Mauriencourt l'apprenait, elle ferait nettoyer le manoir de la cave au grenier, et Guillemette en avait déjà les reins courbatus, rien que d'y penser. Sur le banc près de la porte, le galon de dentelle faisait une tache claire qu'il fallait effacer. Guillemette le souleva du bout d'une pince, hésita à le mettre au feu et finit par le fourrer dans une boîte qu'elle ferma soigneusement.

En montant vers la bibliothèque, Catherine s'arrêta dans la tourelle d'escalier pour palper le mur de granit. Malgré son épaisseur, la pierre, qui avait résisté aux guerres passées, ne saurait guère les protéger de la maladie. L'on ne savait pas comment cette maudite saleté s'introduisait chez les gens et ce mystère accentuait la peur.

Peu avant midi, les sabots d'un cheval sur le pavé annoncèrent le retour du sire de Mauriencourt. Aussitôt, Catherine lâcha sa plume et descendit à sa rencontre. Le gentilhomme avait l'air réjoui :

— Mes pommiers se préparent à bourgeonner. Si les gelées tardives nous épargnent cette année, la récolte sera excellente.

Puis il aperçut le visage inquiet tendu vers lui.

— Savez-vous que la peste est à Cherbourg et partout autour de nous ?

— À Cherbourg, oui. Certains disent qu'elle est arrivée sur un navire de La Rochelle, d'autres dans une cargaison de cuir venant d'Espagne ou du Portugal.

Catherine demeurait immobile devant lui, attendant plus de réconfort sans oser le demander. Il posa les coudes sur le dos de son cheval et la regarda gravement.

— Écoute-moi bien, Catherine : j'ai connu trois fois la peste et je suis toujours vivant. La première fois, c'était en Italie pendant les guerres du roi François. La peste s'est installée sous les murailles que nous devions assiéger. Comme s'il ne suffisait pas que les boulets de canon nous coupent en deux ! Notre armée a perdu la bataille, mais la grande victoire, ce fut de rester en vie… Les autres fois, il n'y avait que la peste à combattre ; cela m'a semblé plus facile.

Il en parlait avec détachement comme si la maladie était une vieille ennemie dont il connaissait toutes les entourloupes, et Catherine se sentit rassurée. Elle fit quelques pas en direction de la maison puis se retourna brusquement.

— Mon Dieu, n'est-ce pas à Cherbourg que mon oncle est allé juste avant le départ de la *Grande-Françoise* ?

Gilles de Mauriencourt fronça les sourcils.

— Je ne sais pas, Catherine. Même si c'est le cas, tu penses bien que ton oncle a gagné de plus rudes batailles. Quand tu auras fini ton ouvrage de la journée, tu pourras descendre au village le lui demander. Étienne t'emmènera avec la charrette.

***

Mais Catherine n'eut pas le temps de se rendre au village. Avant la tombée du jour, elle fut appelée dans la grande salle du bas. Assis devant la cheminée, le père Anselme serrait les doigts sur un bol de bouillon fumant.

— Des mains de taupe, se dit-elle avec dégoût.

De toute évidence, le curé avait quelque chose d'important à dire et contenait difficilement son impatience. Sans doute eût-il préféré l'annoncer à Catherine en particulier, mais le sire de Mauriencourt, appuyé à la cheminée, ne paraissait pas disposé à quitter la pièce.

Le curé prit sa voix solennelle des sermons du dimanche :

— Catherine Lebesque, je suis venu te recommander de mieux faire tes prières. La main de Dieu a frappé et le malheur est tombé sur ta famille.

Il fit une pause tandis qu'elle serrait les poings sous ses longues manches, se jurant d'attendre la suite sans exprimer son anxiété ; était-ce son père ou sa mère à Nantes ? Mais comment le prêtre aurait-il su ? Jason ? L'oncle Louis ?

— Depuis hier, ton oncle est au lit avec une forte fièvre. La vieille Thomassine, sa servante, dit qu'il a sur le corps des boutons gros comme des pois. C'est lui qui nous apporte le mal : ce matin le jeune gars du moulin, près du Pont-

Percé, s'est mis à étouffer. Plus tard, on a trouvé un colporteur couché dans un fossé... Il était déjà tout noir. Ton oncle a trop tenté le Malin, Catherine! Qu'allait-il faire à Cherbourg, tu peux me le dire?

— Demandez-le-lui vous-même... à moins que vous n'ayez peur de l'approcher! répliqua-t-elle en relevant le menton.

Elle bouillait de colère. Ça lui évitait d'avoir mal. Elle savait bien que le père Anselme n'aimait pas les Lebesque. Peu assidus à l'église, les deux frères ne s'étaient jamais soumis à son autorité. Louis avait une place trop enviable dans le cœur des marins, et Jean soignait ses malades à l'aide de potions ou du scalpel, sans jamais demander le secours de Dieu. De plus, le cadet des Lebesque avait épousé Léonora, une Juive espagnole que la police d'Inquisition n'avait pas réussi à saisir. Léonora était la mère de Catherine; au village, on l'avait nommée «l'Étrangère», et le père Anselme avait habilement entretenu la méfiance des habitants envers cette femme qui ne ressemblait pas aux autres.

— Bien des âmes dans ce village ont mérité la punition de Dieu, reprit le curé de la même voix, faire pénitence éloignera le fléau. C'est le seul remède que recommande notre sainte Église en ces temps troublés.

Catherine ne baissait pas le regard. Mais le curé n'avait pas tout dit :

— Pour éviter la propagation du mal, les malades sont enfermés chez eux. La porte de Louis Lebesque a donc été condamnée ; la vieille Thomassine est devenue folle et s'est mise à hurler qu'elle allait se jeter par la fenêtre. Il a fallu la ligoter.

— Qui va soigner et nourrir mon oncle ? murmura Catherine, la tête dans les mains pour cacher son visage.

Le père Anselme se leva en soupirant.

— Dieu s'en chargera... Il me faut maintenant abréger cette visite et regagner le village. Plus les hommes ont peur et plus ils ripaillent. Je dois me montrer à la taverne avant qu'ils n'aient abusé de la boisson. Inutile d'attiser aujourd'hui la colère divine !

Catherine voulut se précipiter vers lui, mais Gilles de Mauriencourt la retint et referma la porte, la laissant seule dans la pièce. Peu après, elle l'entendit dans la cuisine ordonner à Guillemette de préparer la petite chambre qui surmontait le porche de la cour.

•

— Des draps tièdes et un bon feu, précisa-t-il.

Il finit par regagner la salle.

— Habille-toi de vieux habits sombres que tu feras brûler à ton retour. Enveloppe tes cheveux dans un fichu serré. N'oublie pas les gants, surtout.

Il sortit sans lui laisser le temps d'ouvrir la bouche. Dehors, il appela Étienne, le valet, qui attelait déjà la charrette.

— Tu graisseras les essieux ; je ne veux aucun bruit.

Catherine le rattrapa, le cœur battant.

— Vous... Nous allons... ?

— Chercher ton oncle. N'oublie pas non plus des chaussures confortables. Si tu n'en as pas, demande à Guillemette.

— Pourquoi faites-vous cela ?

— Ton oncle est le meilleur homme du village. Je ne le laisserai pas mourir comme un rat. Nous allons l'installer ici, dans la porterie. Thomassine s'occupera de lui. J'essaierai de trouver un médecin.

— On devrait prévenir mon père.

— Ma pauvre enfant, le temps qu'il vienne...

Il n'acheva pas. Elle avait compris : la peste agissait vite et l'excellent médecin qu'était Jean

Lebesque avait peu de chances de gagner cette course contre la mort.

Guillemette, qui portait des draps, les bouscula en maugréant. Faire du feu et dresser des lits à l'heure du souper, voilà qui dérangeait ses habitudes. Et puis la visite du curé, après celle de ce matin, l'avait alertée. Elle avait dû s'en plaindre à sa maîtresse car on entendit une fenêtre s'ouvrir à l'étage et la voix de Madame de Mauriencourt appeler :

— Gilles, qu'est-ce donc que ce remue-ménage ? Avons-nous des hôtes inattendus ?

— On ne peut pas mieux dire ! s'exclama le gentilhomme, qui se dirigea vers l'escalier de la tourelle.

De la porterie où elle aidait Guillemette à étendre draps et couvertures, Catherine entendit bientôt des éclats de voix venant des hauteurs du manoir. À n'en pas douter, l'entrevue entre les époux tournait à la dispute. Et elle eut envie de sourire malgré la gravité du moment : la dame de Mauriencourt avait horreur de toute saleté ; elle ne traversait jamais la cour par temps de pluie, ne mettait pas le pied à l'écurie, exigeait de Catherine des mains blanches et des ongles impeccables. Elle devait être terrifiée d'apprendre qu'un pestiféré allait s'installer à sa porte. De toute façon, cette proximité était effrayante pour tous, et Catherine se disait bien que la peste tenterait de traverser la cour…

— Catherine ! Nous partirons dès la nuit tombée, appela d'en bas le sire de Mauriencourt.

***

Ils firent un détour pour aborder la maison de Louis Lebesque sans traverser le village. La charrette s'arrêta avant les premières chaumières. Tout était silencieux. Chacun devait se terrer chez soi. Le capuchon rabattu sur la tête, tous trois se faufilèrent à travers les ruelles désertes. Au bout de la rue des Gués, ils tombèrent sur une barrière, tenue par un gardien armé d'une arquebuse tandis qu'un autre sommeillait à côté, sur une botte de paille. À cause d'une maison atteinte par la peste, le quartier était déjà sous surveillance. Le sire de Mauriencourt posa la main sur le bras de Catherine pour l'inciter à garder son calme.

— Congrégation de la Charité, déclara-t-il en ouvrant sa cape, laissant entrevoir un insigne accroché sur sa poitrine. Nous avons été mandés par le père Anselme pour porter secours aux malheureux.

— Que Dieu vous protège ! dit l'homme en les laissant passer.

Ils avancèrent sans hâte vers la maison de Louis Lebesque. En effet la porte, marquée d'une croix blanche, était obstruée par des planches et le heurtoir à tête de dauphin que Catherine avait si souvent soulevé était arraché. Une petite fenêtre restait ouverte, permettant de déposer quelques provisions sans doute, mais aucun rai de lumière n'apparaissait. La maison elle-même semblait morte. Dans quel état allaient-ils trouver l'oncle Louis ? Catherine n'osait ni bouger ni appeler : l'homme au bout de la rue les observait avec attention.

— Il y a une autre entrée, une toute petite porte au fond de la remise, murmura-t-elle.

Ils attendirent un moment d'inattention du gardien pour pénétrer dans la cour qui s'étendait derrière la maison.

— Diable ! Ces marauds ont tout bouché ! grinça Étienne en butant sur la porte fermée.

Mais, là où il était, personne ne pouvait le voir. Sortant de sa besace une tenaille, il se mit à travailler à la lumière de la lanterne.

Debout dans le potager, Catherine scrutait

les fenêtres de l'oncle, guettait le moindre mouvement de vie. Lorsque Étienne eut ôté la dernière planche, elle inspira de toutes ses forces l'air frais du jardin avant de nouer sur son nez l'écharpe que lui tendait Gilles de Mauriencourt. Elle faillit éternuer : l'étoffe était imbibée de senteurs fortes.

— C'est pour te protéger des miasmes qu'il y a là-haut, expliqua-t-il.

À présent la porte était grande ouverte. Il fallait entrer. Gilles de Mauriencourt passa le premier, suivi de près par Étienne qui semblait n'avoir peur de rien. Catherine regarda encore une fois le jardin, l'ombre du puits et le grand chêne puis s'accrocha à la rampe d'escalier. À tâtons, elle finit par atteindre la cuisine. Le feu était éteint depuis longtemps; de la vaisselle sale encombrait la pièce.

Les deux hommes avaient déjà ouvert la chambre voisine et Catherine découvrit avec horreur les vêtements épars, les draps souillés et la cuvette renversée. L'oncle n'était pas couché mais prostré dans un fauteuil. Jamais elle ne l'avait vu dans un état aussi pitoyable; sa chemise était constellée de taches, de crachats et la peau était rouge sous l'étoffe.

— Donnez-moi de l'eau, par pitié ! implora-t-il

Elle courut à la cuisine, rapporta un gobelet qu'elle faillit lâcher lorsque les doigts tremblants du malade s'accrochèrent à sa main gantée. En retenant sa respiration, elle l'aida à boire.

Une fois désaltéré, il la regarda attentivement.

— Catherine, je te reconnais ! Tu es bien courageuse d'être venue. Tu vois, cette maladie est une très mauvaise tempête. Et je ne sais pas si le navire tiendra, dit-il en appuyant la main sur sa poitrine. Peut-être ne te verrai-je bientôt plus, alors je t'embrasse de tout mon cœur.

Instinctivement, elle se pencha mais Gilles de Mauriencourt la tira en arrière.

— Vous avez raison, soupira le Grand Louis, il ne faut pas prendre de risque à cause de ma vieille carcasse !

— Mon oncle, nous sommes venus te chercher, chuchota-t-elle, et Thomassine aussi.

Il se redressa tout à fait.

— Va vite la délivrer. Ils ont dû l'attacher quelque part, la pauvre. Dis-lui qu'elle me prépare du linge propre.

Étienne avait allumé une seconde lampe que

Catherine saisit pour monter à la soupente. La vieille femme était recroquevillée sur son lit. On n'entendait aucun bruit. L'auraient-ils bâillonnée aussi ? Dans la petite pièce, l'ombre était épaisse et le corps immobile. Catherine avança d'un pas, la lampe à bout de bras, redoutant ce qu'elle allait découvrir. La vieille était morte. Mais le spectacle de son visage éteint était moins terrible que celui de la maladie.

Catherine lui murmura :

— Adieu Thomassine. Tu as bien fait de partir juste au début de la mauvaise tempête !

Puis elle redescendit chercher de l'aide.

— Je ne crois pas que la peste l'ait tuée, dit Gilles de Mauriencourt après avoir observé la morte mais les corbeaux* ne voudront jamais le croire.

Il promit néanmoins à Louis Lebesque de veiller à ce que la vieille servante fût enterrée dignement.

Catherine trouva des chemises dans le coffre à linge et son oncle put s'habiller de propre. Lorsqu'ils furent tous les quatre réunis en bas, le gentilhomme eut un sourire perplexe.

* Ainsi nomme-t-on en temps de peste les croque-morts qui emportent les morts.

— Le plus difficile sera d'atteindre la charrette. Pourrez-vous marcher sans soutien ? demanda-t-il à Louis Lebesque qui prenait appui sur le mur.

— À petits pas, je ferai de mon mieux.

— Enveloppé dans cette cape, vous serez un excellent sergent de charité mais le garde à la barrière a sûrement noté que nous n'étions que trois... Et que faire de tous ces paquets ? reprit-il en désignant le linge et les documents qu'ils avaient préparés.

— Je ne peux laisser cela ici ! protesta Louis Lebesque. Demain, les corbeaux vont découvrir ma fuite et chacun se servira dans ma maison.

Catherine eut un haut-le-cœur : les pichets de faïence, les masques noirs rapportés de Guinée, les verres de Venise... tous ces beaux objets allaient donc disparaître puisque Louis Lebesque n'emportait que quelques livres et carnets.

— Not'maître, proposa Étienne, y aurait moyen de passer par les jardins. Derrière le mur de monsieur Grand Louis, c'est la tante de Guillemette qui habite et puis la chaumière du père Vantier... Doit encore être à la taverne... De là, y a qu'à traverser la rue et si jamais y avait encore une barrière, je passerais par chez

Marie Letourneur. Une brave femme. Après, y a les champs. C'est pas compliqué.

— Tu iras seul dans ce cas, Étienne.

— Bien sûr not'maître, avec tout sur mon dos et je vous attendrai à la charrette.

Ils remplirent une hotte trouvée dans la remise et le valet disparut.

Les trois autres quittèrent la cour pour déboucher dans la rue. Ils marchaient très droit, à tout petits pas. À côté de Catherine, l'oncle Louis peinait et soufflait.

La barrière n'était plus très loin et le garde les regardait venir. Le sire de Mauriencourt se mit à réciter une litanie grave qu'ils s'empressèrent d'imiter de leur mieux. Leur marche prit l'allure d'un cortège funèbre.

Arrivé devant la barrière, il leur fit signe de poursuivre leur chemin et s'approcha le plus près possible du garde.

— Chez un certain Louis Lebesque, la vieille servante n'a pas survécu. Est-ce à vous que je dois le signaler ? Décidément, la maladie va faire de terribles ravages...

Apeuré, l'homme recula devant celui qui avait touché les pestiférés. Il marmonna qu'il transmettrait le décès et s'empressa de le laisser passer.

Catherine et son oncle s'étaient arrêtés à l'abri des regards. Louis Lebesque, appuyé contre le mur, retenait une quinte de toux qui risquait de donner l'alerte. Au bout d'un long moment, il réussit à reprendre son souffle mais il était clair qu'il ne pourrait marcher sans aide. Gilles de Mauriencourt tendit une épaule, Catherine fit de même et tous trois reprirent leur lente progression.

Comme prévu, Étienne les attendait près de la charrette.

Quand ils furent à nouveau sur la route de la falaise, où personne ne pouvait les entendre, le valet raconta qu'au coin d'une haie il avait croisé deux gars qui l'avaient pris pour un pilleur et semblaient fort intéressés par le contenu de sa hotte. Il avait dû user de ses poings pour s'en débarrasser. Assise sur le banc, Catherine écoutait en claquant des dents. L'air de la nuit contenait déjà des odeurs de printemps, mais la mort s'était réveillée la première. Et la crapulerie avec. Demain, après-demain, serait-elle malade à son tour et aussi mal en point que son oncle, dont le corps épuisé ballottait à chaque cahot de la charrette ?

En arrivant au manoir, elle fut appelée par Guillemette :

— Viens par ici, toi. La dame a dit que tu dois te plonger dans la bassine que je t'ai préparée.

Louis Lebesque se redressait péniblement dans la charrette. Catherine voulut l'aider.

— Fais ce qu'elle te dit, ordonna le sire de Mauriencourt.

Dans la buanderie, le feu était allumé. Guillemette ferma les portes et Catherine ôta tous ses vêtements, que la cuisinière jeta aussitôt dans les flammes.

L'eau du baquet était chaude, parfumée, et cette douceur inattendue lui parut si bienfaisante que Catherine se mit à pleurer.

Assise sur un tabouret un peu à l'écart, Guillemette l'observait sans un mot.

— Nettoie aussi tes cheveux, dit-elle en tendant un flacon.

Lorsque Catherine fut lavée des pieds à la tête et prête à sortir du bain, la cuisinière sourit :

— T'es belle comme une princesse ! Et c'est pas aujourd'hui que la peste t'attrapera ! C'est Guillemette qui te le dit.

Chapitre 3

Jason ôta son bonnet pour s'éponger le front. Chaque fois qu'il reposait le pied sur le pont du navire en descendant de la mâture, il se sentait soulagé. Là-haut, au-dessus de l'eau, mieux valait ne pas baisser les yeux. Le tapis bleu-vert, frangé d'écume, risquait de vous attirer à lui, et chacun savait combien il était difficile de repêcher un homme tombé à la mer.

Il respira et regarda vers le ciel. La *Grande-Françoise* prenait le vent par le travers ; une grosse brise soufflant invariablement de l'ouest. À croire que les vents nichaient là-bas, du côté de Terre-Neuve, entre les falaises nues et les plages de galets ! Pour franchir l'Atlantique, il fallait donc choisir une route qui permettait de piquer vers l'ouest sans prendre le vent dans le nez. Telle était la mission de Thomas, le pilote. De son côté, l'homme de barre menait la *Grande-Françoise* selon les instructions de Thomas, et elle, bonne fille, se laissait guider en souplesse, la voilure bien calée, sans fatiguer l'équipage.

Jason aimait tenir la barre. Là était la meilleure place pour sentir le navire épouser l'eau. Il avait appris l'an passé, alors qu'ils se relayaient jour et nuit pour rentrer au plus vite, et Thomas l'avait maintes fois félicité. Ce matin, il venait de prendre la barre lorsque le maître d'équipage envoya les hommes dans la mâture. Petit Louis devait faire partie de ceux qui grimpaient mais, depuis le réveil, il se plaignait d'une douleur à la cheville, et le maître d'équipage demanda à Jason de le remplacer. Jason n'était pas à son aise dans les hauteurs : une main qui s'activait et l'autre accrochée aux haubans... Parfois, il fallait travailler des deux mains et s'appuyer sur les genoux, faire confiance à ses pieds. Depuis qu'il manquait trois orteils à Jason, cet exercice périlleux lui était plus difficile qu'aux autres. La plupart des hommes à bord ignoraient ce détail mais Petit Louis, lui, le savait fort bien.

Cela faisait plusieurs jours qu'ils avaient

dépassé la pointe de la Bretagne. Les eaux avaient changé de couleur et les oiseaux de mer se faisaient rares. Le grand voyage commençait vraiment. Dans cette solitude, les voiles de la *Belle-Rosamonde*, qui suivait à portée de vue, étaient un réconfort. Il était entendu que Martin Roze suivrait les manœuvres de Thomas tout au long de la traversée mais, s'ils se perdaient, le nouveau pilote saurait bien mener la *Belle-Rosamonde* jusqu'au banc de Terre-Neuve. À l'aller, un navire solitaire ne craignait pas les mauvaises rencontres : ne transportant que du sel et des hommes, il n'intéressait pas les pirates. En revanche, sur la route du retour, les cales bondées de poisson séché faisaient des envieux ; par sécurité, la *Grande-Françoise* et la *Belle-Rosamonde* se joindraient au convoi des Bretons. Quelques années auparavant, les Portugais avaient attaqué les pêcheurs de Saint-Brieuc au moment où les bateaux chargés levaient l'ancre pour regagner la France. Après la bagarre, les marins déposés sur le rivage avaient vu s'éloigner leur navire en pleurant de rage. Des mois de labeur pour rien, et puis, en rentrant à la maison, le sourire narquois des voisins parce qu'on vous a tout volé… Décidément, ces requins de Portugais avaient les dents longues. Ils tenaient déjà les routes des îles aux épices, vers l'Orient lointain ! Ils pouvaient bien laisser Terre-Neuve aux pêcheurs bretons et normands... Mais non ! Ils venaient tout de même fureter par là avec de méchantes intentions.

« Si cela se présente, se dit Jason, il faudra bien tenir tête à ces bandits... Tirer à l'arquebuse et manier le coutelas... Quel métier que celui de marin ! »

***

Il replaça son bonnet sur sa tête et ne put s'empêcher de regarder autour de lui. D'où venait cette impression d'être constamment espionné ? Pourtant, tout se passait bien, hormis quelques petits détails : par exemple, il avait perdu ses gants. Un, passe encore, mais les deux ! De bons gants de cuir cousus exprès pour les rudes besognes de la mer. À présent, comment remonter les lignes à mains nues ? Comment supporter les voiles et les filins gorgés d'eau glaciale ?

— T'as pas l'air tranquille, toi.

Inutile de se retourner. Il avait reconnu la voix de Petit Louis. Jusqu'alors, celui-ci s'était montré distant. Embarqué à la dernière heure, il faisait presque figure d'intrus, et si quelque chose tournait mal à bord, les hommes de la *Grande-Françoise* auraient tôt fait de dire bien haut qu'il leur portait la poisse. Mais tout marchait rondement depuis qu'ils étaient partis ; cela lui donnait de l'audace.

— T'as l'air moins fier quand t'es là-haut !

Ils étaient seuls. Les autres se tenaient à l'arrière ou dans l'entrepont à vérifier le matériel de pêche. Immobile, Jason continua de contempler la mer.

— Faut dire qu'avec un quart de pied en moins ça doit pas aider.

Cette fois, Jason se retourna et prit tout son temps pour observer la cheville qui dispensait Petit Louis de jouer au singe à trente pieds au-dessus de l'eau. Puis il remonta vers le visage : un teint rougeaud, des petits yeux rusés bordés de cils trop blonds, le tout posé sur une tête ronde comme un boulet de canon. L'année passée, tous deux s'étaient battus à cause d'une fille, et Jason savait que Petit Louis continuait de frapper même quand l'adversaire était à terre. Un gars qui agissait ainsi pouvait vous planter un couteau entre les épaules, non ? Il réprima difficilement une grimace de dégoût et chercha à s'éloigner.

— Hé, Quart-de-pied !

Jason sursauta. À bord tout le monde avait un surnom, nécessaire pour différencier les Jacques, les Pierre ou les Henri, mais son étrange prénom lui avait épargné ce second baptême. Quart-de-pied ! Et pourquoi pas Brin-de-rien ? Il chercha une réponse. À ce moment, on entendit Thomas du haut du château arrière :

— Faudra virer avant la nuit, ensuite on sera calé sur l'ouest pour un bon bout de temps. Vous pourrez dormir tranquilles, les gars !

Jason pensa que cela ferait diversion mais Petit Louis lui colla une grande claque dans le dos :

— Ben, tu vois, Quart-de-pied, y a pas à s'en faire.

Et Quart-de-pied dut supporter son surnom. Tout le monde à bord hormis Thomas sembla oublier qu'il se prénommait Jason. Non qu'il fût désormais moins bien traité mais, à cause de ce corniaud de Petit Louis, le prénom que lui avait choisi sa mère avait disparu. Les autres ne pouvaient s'en émouvoir ; ils étaient bien devenus « le Ravageur », « Crème-de-coq » ou même « la Berceuse ». Celui qui se voyait nommé ainsi était un solide gaillard doté de mains énormes comme des pattes d'ours et personne ne comprenait comment pareils battoirs pouvaient ravauder les voiles déchirées ou tresser du cordage. En travaillant, « la Berceuse » fredonnait des chansons d'enfance que les autres lui redemandaient à la tombée du jour, quand se réveillaient les peurs de la nuit. Ce fut « la Berceuse » qui osa poser la question :

— C'est quoi ce morceau de pied ? Tu l'as en plus ou en moins ?

Jason dut expliquer qu'une charrette lui avait écrasé les orteils et comment le savoir-faire de Jean Lebesque lui avait permis d'être aujourd'hui un homme debout au lieu d'un infirme traînant ses béquilles sur le port à regarder les autres partir.

« La Berceuse » demeura songeur avant de conclure :

— Alors donc, il t'a réparé. Comme moi je répare les voiles... Un beau métier ça !

Puis il jeta :

— Tout de même, un bout de pied en moins... Quand faut monter dans la mâture, tu pourrais demander de l'aide.

Jason lui lança un regard reconnaissant.

— T'en fais pas pour moi. Je sais y faire comme les autres.

Il sentait bien qu'une autre réponse lui aurait valu les ricanements de Petit Louis et l'une de ses réflexions d'autrefois : « Prends soin de toi, on sait bien que t'as été élevé dans la dentelle. »

Et Jason ne voulait plus de cela, vraiment plus.

De son côté, Petit Louis se cramponnait à sa proie et lançait à n'en plus finir des Quart-de-pied par-ci et des Quart-de-pied par-là, agrémentés d'allusions désobligeantes. Jason préparait sa vengeance. Un jour, il réussit à dire d'un ton détaché :

— Petit Louis, vu que t'es devenu grand, et bête encore plus, moi je verrais bien qu'on te nomme « Trogne-de-lard ».

Les hommes s'esclaffèrent tandis que Petit Louis serrait les poings. Protégé par les rires des autres, Jason crut que l'affaire allait en rester là, mais à peine eut-il le dos tourné qu'il reçut un sabot, lancé à pleine force, qui lui meurtrit l'épaule.

La rage le prit, il ramassa l'objet et le jeta par-dessus bord.

— Eh bien, t'iras à cloche-pied ! Tu verras si c'est commode dans la mâture !

Petit Louis n'eut pas le temps de s'élancer contre lui. Le maître d'équipage intervint pour les séparer et les envoya travailler l'un dans la cale et l'autre au coffre à voiles.

Néanmoins, ils savaient tous deux que la guerre était déclarée.

Les jours suivants, la brise d'ouest forcit. La mer devint grise et la houle se creusa davantage. Dans sa cambuse*, Crème-de-coq s'empressa de caler ses marmites avec le plus grand soin. Même par gros temps, les hommes devaient manger et leur ardeur à l'ouvrage dépendait du contenu des gamelles. Il servit bientôt la dernière potée de viande fraîche, en affirmant que les menus à venir seraient plus monotones : biscuit, pois, haricots, biscuit, pois… Mais Crème-de-coq trouvait toujours une astuce pour que les plats n'aient pas la même saveur d'un jour à l'autre.

Peu après le point de midi, le maître d'équipage pointa le doigt vers le ciel qui noircissait :

— Tout le monde en haut, à ramasser de la toile.

Thomas approuva. Si le temps grossissait vraiment, il ferait changer de cap afin de soulager le bateau mais pour l'heure la *Grande-*

* Cuisine sur un bateau. Le cuisinier s'appelle le « coq », d'où le surnom de celui de la *Grande-Françoise*.

Françoise résistait sans trop d'effort, en faisant entendre des craquements çà et là : sa manière à elle de rechigner devant la tempête.

Les hommes se levèrent. Il fallait faire vite avant le coup de vent. La première averse s'abattit sur eux alors qu'ils étaient encore sur le pont. Ils montèrent, la tête dans les épaules. Une fois là-haut, la violence de la pluie les obligea à se cramponner. Déjà, on n'y voyait plus rien vers l'ouest. Courbés en avant le long de la vergue*, ils agrippèrent la grand-voile, tentèrent de la ramener vers eux. Chargée d'eau et de sel, elle pesait si lourd que Jason dut s'arc-bouter. Il sentait l'effort lui tirer le dos, des épaules jusqu'aux reins.

Contre son coude « la Berceuse » travaillait en répétant :

— Hardi les gars ! Encore une qui nous aura pas !

Et, de temps à autre, il brandissait le poing vers les plus noirs nuages. De l'autre côté de la « Berceuse », Petit Louis geignait sous les claques de l'averse. Il n'avait pu cette fois échapper à la corvée et Jason n'était pas mécontent de l'entendre peiner comme les autres.

* Longue pièce de bois horizontale servant à fixer la voile.

À la force des bras, les hommes réussirent à ramasser la grand-voile en un gros rouleau qu'il fallait nouer solidement. La bourrasque les devança, s'engouffra dans la toile qui leur échappa des mains. Il n'y avait plus qu'à recommencer.

— Saleté de tempête ! hurla Petit Louis.

À nouveau, ils se penchèrent, empoignèrent la toile cassante, répétèrent les mêmes gestes douloureux. Jason avait les paumes à vif, les ongles bleus de froid. Le sel ravivait les plaies qui saignaient. Tout à coup, il oublia la douleur pour s'étrangler de fureur : des gants ! Les mains de Petit Louis étaient protégées par des gants de bon cuir ; ceux qu'il avait « perdus » quelques jours plus tôt.

— Espèce de chien, vautour, charognard ! hurla t-il. Où t'as trouvé ça ?

Il avait lâché la voile et s'efforçait de lui arracher les gants ; il lui aurait arraché les yeux s'il avait pu. La « Berceuse » grogna, les autres gueulèrent. Y avait mieux à faire ; on réglerait ça plus tard, sur le pont. Mais Jason voyait rouge ; par-dessus le dos de la « Berceuse », il secouait Petit Louis. Celui-ci tenta de se dégager. En vain. Jason serrait si fort que les jointures de ses mains blanchissaient. La hargne lui donnait une poigne d'acier.

— Tu l'auras voulu, Quart-de-pied!

Le poing se détendit comme un ressort et Jason chancela. Il tâtonna pour trouver un appui, accrocha un instant la veste de la «Berceuse» et perdit pied. Sans un cri, il bascula dans le vide, vers le tapis frangé d'écume. Il eut à peine le temps de supplier le ciel que justice fût faite.

Puis l'eau l'engloutit.

***

La grande bête fauve de la douleur! Elle mordait partout, des tempes jusqu'aux orteils, sans répit, pénétrait le ventre, rongeait le bas-ventre, cognait dans les oreilles… Une brûlure atroce que celle du froid.

Après le terrible choc de l'eau glacée, Jason sut qu'il ne gagnerait pas cette bataille. Comme un sorcier maléfique, le froid vous envoûtait, vous paralysait. Il fallait s'alléger. Vite, enlever les bottes et la grosse veste qui pesaient si lourd. Par deux fois, il prit son souffle et hurla. Dans le ronflement du vent, ceux de la *Grande-Françoise* ne pouvaient l'entendre mais il avait besoin de crier qu'il était toujours vivant. Il rassembla ses forces pour se dresser à mi-corps et repérer le navire. À bord, ils savaient qu'il était tombé. Allaient-ils manœuvrer pour le repêcher ? Rien de moins sûr : la mer ne lâche pas ceux qu'elle a pris... La houle le ballottait ; il fallait attendre d'être sur le dos de la vague pour tenter de se faire voir. Attendre ! Il aurait ri de désespoir si le froid n'avait déjà figé sa bouche. Peu à peu ses bras et ses jambes s'engourdissaient ; ils ne répondaient plus à sa volonté qui criait « Nage ! Nage ! ». Une fois encore, il aperçut la *Grande-Françoise* puis glissa dans le creux de la vague. Sa tête s'enfonça. Derrière un rideau d'eau, il crut voir le village, là-bas, et Catherine qui courait sur la falaise, le visage de Léonora penché sur lui...

Un sursaut de vie le ramena à la surface. Sous lui ses jambes le tiraient vers le bas, du plomb lui écrasait la poitrine. Où était le ciel ? Où était l'eau ? Il souleva un bras, heurta quelque chose de dur. Il le tira à lui, eut la force de s'y coller, de le maintenir contre lui. Il n'avait plus froid, seulement une irrésistible envie de dormir. Une carapace de plomb se posa sur ses paupières ; il sombra dans un trou noir.

***

Ce fut la douleur qui le réveilla. Une autre sorte de brûlure sur les joues, les pieds, les mains. Impossible de se dégager, son corps entier ressemblait à une masse dure comme la glace.

Il n'eut même pas la force de lever la tête lorsqu'il entendit une voix :

— Le voilà qui se remet !

Où était-il donc ?

— Toi, au moins, t'avais pas envie de mourir !

Brusquement, il se souvint de l'eau glaciale, de la tentation de s'y laisser engloutir. Une vague de nausée le secoua. Des mains le soulevèrent ; une autre lui essuya le visage.

— C'est bien. Crache encore.

Cette voix d'homme, pas totalement inconnue... Un accent différent. Il tenta d'ouvrir les yeux mais un voile sombre recouvrait tout.

— Laissez-le sur le côté, il serait capable de se noyer dans ce qu'il rejette.

Une voix qui savait commander... Puis des pas s'éloignèrent.

Jason sombra dans un demi-sommeil. On le secoua bientôt.

— T'es encore tout bleu ! Faut boire ça. Manquerait plus que le mal te tombe sur la poitrine.

Il découvrit qu'on lui avait ôté ses vêtements, qu'il était enroulé dans une couverture rêche. Devant lui, une silhouette tenait un gobelet fumant.

— Du bon bouillon. Ça va te remonter.

L'écuelle sous le menton, Jason fut obligé d'avaler une gorgée du liquide brûlant puis la nausée le reprit. Il repoussa le récipient pour se pencher sur le côté.

À présent, il claquait des dents. On lui glissa une bouillotte et la chaleur se répandit dans le cocon de la couverture. Enfin, tout devint délicieux, léger et il s'endormit.

— Jason, Jason tu m'entends ?

Il se força à ouvrir grands les yeux : la voix qui lui parlait maintenant, celle qu'il avait entendue plus tôt, appartenait à Martin Roze.

— La *Belle-Rosamonde* ! articula-t-il difficilement.

Le pilote sourit.

— Excellente déduction pour un jeune homme qui a bien failli nourrir les crabes... Jason, je suis honoré de te recevoir à mon bord et très heureux d'avoir repêché le neveu de mon ami Louis Lebesque.

Puis il observa gravement :

— Tu t'es bien défendu ; d'autres auraient coulé plus tôt. Tu as surtout eu de la chance ; avec cette mer-là, on risquait de te passer dessus ! Tu pourras dire merci à celui qui t'a vu et qui t'a lancé ce qu'il avait sous la main : le couvercle d'un tonneau.

— Je me suis accroché à ça ?

— Oui. Puis on est venu te chercher avec la chaloupe. Fallait faire vite ; le froid allait t'emporter.

Un homme entra avec un bol de bouillon et Martin Roze éclata de rire :

— On n'aurait pas plus d'égards pour une riche demoiselle ! Mais, tu sais Jason, ça porte chance sur un navire de sauver un homme à la mer. Les hommes sont tout contents d'avoir réussi cela.

Il sortit. Jason but et se rendormit.

Quand il se réveilla, l'aube grisonnait. Des hommes s'affairaient sur le pont. Il enfila des vêtements secs et monta, se cramponnant partout tant il était faible. La pluie avait cessé ; entre les nuages qui dévalaient de l'ouest apparaissaient des trouées de ciel clair. Le grand mât était à sec de toile et la *Belle-Rosamonde* défiait le gros temps. Il se sentit brusquement très heureux. Par un étonnant coup de la fortune, il était à bord de ce bateau tout neuf, piloté par un homme qui avait risqué trois marins pour le tirer de l'eau.

Il chercha au loin les voiles de la *Grande-Françoise*. Rien. La tempête avait séparé les deux navires.

Combien de temps l'avaient-ils cherché ? S'étaient-ils dérouté pour lui ? Thomas avait certainement fait tout le nécessaire. Et maintenant, il voguait vers Terre-Neuve avec un homme porté disparu… Quelle serait sa réaction quand il verrait Jason débarquer ? Et celle de Petit Louis ! T'as cru être débarrassé de moi… Va pas croire que je vais te lâcher comme ça ! Les revenants, tu sais, faut pas s'y frotter… Ha ! Ha ! Le moment s'annonçait réjouissant. Dans une ou deux semaines, il pourrait savourer sa revanche…

Du grand mât où il était adossé, Jason vit Martin Roze se diriger vers l'homme à la barre.

— Larguez devant ! cria le maître d'équipage qui l'accompagnait.

Les hommes obéirent. Le navire piqua vers le sud. Effaré, Jason surveilla la manœuvre.

Quelle idée de changer de cap ! Il rejoignit le pilote dans la chambre à cartes.

À l'interrogation muette Martin Roze répondit sans ménagement :

— Droit sur Saint-Domingue, Hispaniola et les îles… On s'en va houspiller les Espagnols et leur rafler un peu de cet or qu'ils volent au Nouveau Monde.

Jason dut s'asseoir.

— Thomas va vous chercher partout !

— Thomas le sait déjà.

— Qu'est-ce que vous manigancez ?

Martin Roze eut un rire très particulier, bref et fort comme un aboiement joyeux.

— Le croiras-tu, Jason, si je te dis que ton oncle est à l'origine de tout cela ? Les écrits qui le prouvent sont ici, dans cette malle, signés de sa main. Tu peux les consulter. Voilà pourquoi il m'a choisi à la tête de ce navire. Je connais ces parages, j'ai déjà goûté aux canons espagnols et j'ai même quelques comptes à régler avec eux.

Le pilote avait ouvert la malle devant Jason qui ne fit pas un pas. Cet homme ne mentait pas, il en était sûr.

Les mots dansaient derrière son front : les îles du Nouveau Monde, les canons espagnols…

— Et moi ?

— Eh bien, tu restes avec nous. C'est Dieu qui t'envoie ! À moins que tu ne préfères retourner là d'où tu viens... Ce n'est pas la place qui manque !

Et il tendait le bras vers l'eau verte qui filait le long de la coque.

Jason fut pris d'un rire immense : Petit Louis faisait route en ce moment vers les côtes austères de Terre-Neuve parce qu'il avait refusé d'embarquer comme prévu sur la *Belle-Rosamonde*. Et c'était lui, Jason, qui partait à sa place vers les îles aux fabuleuses richesses...

Il lui sembla alors que le ciel venait de lui donner sa revanche.

Chapitre 4

— Catherine!

Catherine achevait d'étendre les draps sur le pré lorsque la cuisinière l'appela.

— Le médecin est arrivé. «Un jeune homme très bien», a dit le maître.

Catherine serra les lèvres et continua de tirer sur la toile blanche de manière à en effacer tous les plis. Ces gestes simples la réconfortaient, et elle était soulagée que Guillemette eût commencé la grande lessive de printemps. Faire du propre lui donnait l'impression que la peste ne viendrait pas jusqu'à elle.

Cela faisait presque une semaine que l'oncle Louis était installé dans la petite chambre au-dessus du porche et personne n'était monté du village pour s'enquérir de lui. En bas, le bruit courait qu'il avait été emporté par le diable; l'on avait parlé de brûler sa maison afin de détruire le maléfice, mais d'autres avaient riposté que l'incendie gagnerait le quartier et la querelle s'était calmée.

Ce temps ressemblait à un cauchemar. Pour les habitants du manoir, la présence du malade à leur porte était épuisante. Guillemette récitait des prières à longueur de journée et, même la nuit, Catherine l'entendait marmonner :

«Bonnes gens qui dormez
Réveillez-vous et priez pour les pestiférés.
Que Dieu nous veuille tous pardonner.»

Depuis l'arrivée de Louis Lebesque, la dame de Mauriencourt refusait de voir Catherine. Elle jugeait que la jeune fille, ayant eu contact avec un pestiféré, était devenue malsaine malgré le bain qu'elle avait pris le soir même. La porte de la bibliothèque restait fermée à clé. Pour six semaines au moins, avait dit la dame, le temps d'être sûre que sa secrétaire n'avait pas contracté la maladie.

L'encre séchait dans les encriers et la châtelaine n'envoyait plus aucun courrier, incapable d'écrire elle-même en raison de ses vieilles douleurs au poignet. Catherine en pleurait parfois ; la compagnie des livres et des lettres lui manquait. De plus, sans travaux d'écriture à accomplir, quel était désormais son rôle dans cette demeure ? La dame fit savoir qu'elle pouvait rentrer chez elle.

— En bas au village ! Toute seule dans cette pagaille alors que ses parents sont à Nantes ? tonna le sire de Mauriencourt. Ma chère, la peur vous fait perdre la raison. Moi aussi, j'ai touché un pestiféré. Me chassez-vous également ?

La dame dut céder mais elle refusa dès lors de quitter sa chambre. À tout moment, elle appelait Guillemette qui courait sans relâche entre l'étage, la cuisine et la buanderie. Étienne rapportait chaque jour d'énormes brassées de laurier et de genévrier destinés à purifier l'air dans toutes les pièces, et un mystérieux colporteur livra de la cannelle et du camphre pour assainir les appartements privés de la dame.

Ainsi cloîtrée dans sa chambre comme une malade, celle-ci passait son temps à lire et attendait d'être servie. Un soir, elle dut patienter longtemps parce que la maisonnée était rassemblée dans l'étable à admirer le poulain qui venait de naître.

Lorsque le nouveau-né fut enfin debout et bien vivant, vacillant sous les coups de langue de sa mère, ils regagnèrent tous la cuisine et Guillemette se lamenta que le potage demandé par Madame ait débordé. Mais le maître, qui revenait de la cave avec un flacon de vin de Madère, dit qu'il porterait le plateau lui-même. Guillemette évita ainsi une réprimande et ils eurent droit chacun à un petit verre de vin délicieux. Ce soir-là, Catherine avait chaud au cœur en montant se coucher. Par la lucarne de la soupente, elle envoya toutes sortes d'injures à la maladie et en oublia de faire ses prières.

***

Dans la buanderie, la lessiveuse bouillait en permanence. Les draps et le linge de Louis Lebesque étaient lavés à part. Guillemette travaillait sans relâche et ne se plaignait plus. Libérée de ses exercices d'écriture, Catherine l'aidait.

Au début, l'oncle se levait un peu. Elle l'apercevait à la fenêtre de la porterie et crut pendant quelques jours qu'il guérirait. Mais la fièvre ne tomba pas et des bubons lui poussèrent au creux du cou. À présent, il demeurait alité, et elle ne le voyait plus car le sire de Mauriencourt avait interdit à quiconque d'approcher le malade, en dehors d'Étienne qui s'occupait de lui. Les médecins étaient rares dans la région ; celui qui était arrivé venait de loin. Catherine savait bien qu'il tenterait de soulager l'oncle en incisant les bubons et elle serra les dents à l'idée du coup de bistouri qu'il était en train de donner. Son père, Jean Lebesque, aurait peut-être agi autrement ; il avait des idées tellement neuves sur la médecine ! Mais il était si loin. Elle lui avait écrit, bien sûr, pour le prévenir et n'avait pas encore reçu de réponse. Si la peste s'était propagée jusqu'à Nantes, il risquait sa vie, lui aussi, à soigner les malheureux…

Prostrée, elle s'attarda dans le jardin où les draps s'étalaient en grandes taches claires. Il se mit à pleuvoir ; elle ne bougea pas.

— Le médecin est parti ! annonça Guillemette qui accourait rentrer le linge. Viens donc m'aider au lieu de te ronger les sangs.

— Qu'est-ce qu'il a dit ?

— Que la fièvre est trop bien installée. Le

mal est partout dans le corps, y compris dans la poitrine. Il a dit que ce sera bientôt la fin.

— Comment le sais-tu? demanda Catherine d'une voix dure.

— Étienne lui a porté de l'eau pour se laver les mains. Ils ont causé.

Catherine pliait les draps sans prêter attention à ses gestes. Son esprit était de l'autre côté de la cour, près de l'oncle qui luttait encore contre sa dernière tempête. Elle décida en silence qu'elle irait le voir, malgré l'interdiction, afin qu'ils aient tous deux un souvenir à emporter. Et tant pis pour la colère de la dame si celle-ci venait à l'apprendre.

Se glisser jusqu'à la petite chambre sans être vue ne présentait aucune difficulté. L'escalier qui y menait débouchait sous le porche et sa silhouette se fondrait dans l'ombre de la voûte. À l'heure de la sieste, dès que la dame eut tiré ses volets, Catherine gravit les quelques marches. La pièce était d'une propreté méticuleuse et le linge changé de frais ; l'air entrait librement car le Grand Louis, contre l'avis de tous, avait exigé de garder la fenêtre ouverte.

— J'ai besoin de respirer la mer, répétait-il.

Mais à présent, du lointain de son agonie,

que percevait-il encore ? Un souffle rauque soulevait péniblement sa poitrine, et son cou était couvert d'un pansement où transperçaient les humeurs, par taches brunâtres. Inexorablement, la maladie le séparait du monde, des odeurs du printemps et des bruits de la vie.

Après avoir collé son mouchoir sur son nez, elle se tint un peu à l'écart. Le malade finit par se réveiller et eut un faible sourire en la reconnaissant.

Il se mit à parler très lentement.

— Catherine, cela me fait du bien de te voir, toi et ta belle jeunesse. Surtout, ne t'approche pas ! Tu vois ici ces documents sur la table ? Ils sont pour Jason et pour toi. Récemment, j'ai changé quelques petites choses devant le notaire.

Elle voulut le questionner mais il fit signe de ne pas l'interrompre et reprit son souffle avant de continuer :

— Gilles de Mauriencourt est au courant de tout. Il veillera sur toi jusqu'à ce que tu puisses rejoindre tes parents. Tu peux avoir confiance en lui… Maintenant, ma petite fille, je n'en peux plus. C'est mieux que tu t'en ailles… Je vais garder ce beau souvenir de toi.

Elle chercha longtemps la force de se retourner.

Il ajouta alors qu'elle était sur le seuil :

— Catherine, je vous demande à tous de m'ensevelir le plus près possible de la mer et de ne pas laisser les corbeaux se mêler de ça.

— Oui mon oncle, je te promets.

Elle descendit sans pleurer. Les larmes viendraient plus tard. Dans son émoi, elle buta sur Étienne et faillit renverser la cruche qu'il portait.

— Demoiselle ! reprocha-t-il, vous ne devriez pas être de ce côté !

Elle avait besoin de parler :

— Et toi, Étienne ? Ne crains-tu pas la maladie ?

— Ah ça non ! Elle m'a eu une fois. Maintenant, c'est fini !

Elle leva les sourcils.

— La peste ?

— Pardieu oui ! En Italie avec not'maître que je servais déjà. Lui, l'était tout jeune capitaine... Y en avait qui mouraient partout et moi, j'étais pris d'une fièvre... Ah, les canons pouvaient tonner ! J'avais même plus la force de me traîner par terre. Alors not'maître m'a porté sur son dos plutôt que de me laisser crever là. Et la mort, elle avait eu son compte sans doute ; elle a pas voulu de moi ! Mais cette saleté de maladie m'a laissé de vilaines traces.

Il montrait sur sa gorge la marque profonde des bubons.

— Tout de même, insista Catherine, tu te donnes beaucoup de peine pour mon oncle !

Il eut à nouveau un ton de reproche :

— Demoiselle ! C'est pas pour votre oncle que je fais tout ça. C'est pour not'maître !

En haut le malade geignait. Il reprit son plateau et monta.

En s'éloignant, elle l'entendit demander « Alors, monsieur Lebesque ? » et elle réalisa combien elle était fière de porter ce nom qu'il venait de prononcer.

Dehors le printemps bourgeonnait. Le poulain gambadait sur ses jambes de danseuse et, dans la haie, l'aubépine fleurissait en bouquets blancs. Elle marcha vers la falaise. En débouchant sur le grand chemin, elle croisa Marie Letourneur qui montait du village avec ses enfants.

— T'as bien de la chance de te tenir à l'abri ! soupira la pauvre femme essoufflée. En bas, ils sont devenus fous. C'est pas la maladie qui va nous tuer, c'est la méchanceté ! Mon petit dernier, ils l'ont traité de suspect* et ils ont mis une croix sur notre maison, tout simplement parce qu'il a tiré de l'eau chez le voisin, le père Vantier, pour rendre service… Et le père Vantier, l'est mort dans la nuit…

— Qui ils ?

— Ceux de l'office de santé, pardi ! Ils décident de tout. À croire qu'ils profitent de la peur des autres !

Elle se détourna et reprit son baluchon.

— Alors moi je pars ! Pas question qu'ils nous enferment. Je m'en vais chez ma tante. Il faut que je sois là-bas avant la nuit.

Les enfants étaient chargés de lourdes besaces. Le plus jeune tirait derrière lui une chevrette qui ne demandait qu'à s'enfuir. Marie Letourneur eut un regard perplexe vers l'animal.

— Je n'ai pas voulu la laisser mais on n'ira jamais jusqu'au bout avec elle. Catherine, crois-tu que tu serais assez gentille pour la ramener jusque chez ma cousine ?

Descendre au village ! Catherine eut un geste de recul.

— C'est tout près ! Elle habite l'une des

* Contaminé par la maladie.

premières maisons dans la pente, avec le muret qui s'écroule un peu. Tu attaches la biquette à la barrière et puis c'est tout.

Catherine se souvint qu'un jour, à la sortie de l'église, Marie Letourneur avait calmé les paroissiens qui voulaient s'en prendre à Léonora sa mère, celle qu'on nommait l'Étrangère. Aujourd'hui, elle lui devait bien ce service. Elle tendit la main vers la corde, serra la chevrette contre elle et les regarda s'éloigner.

En effet, elle n'eut pas à marcher longtemps et la maison de la cousine était facilement reconnaissable. Après avoir solidement noué la corde, elle se pencha pour caresser l'animal.

— Dis donc, toi, là-bas, tu ne serais pas en train de graisser* la porte ?

— Tu devrais savoir que les animaux sont interdits dans la rue.

— Manquer au règlement, ça coûte cher ces temps-ci !

Elle se redressa. Ils étaient quatre et montaient la rue à grands pas. Mieux valait disparaître. Elle s'engagea dans le raidillon. Ils s'élancèrent à leur tour.

* Certains étaient suspectés de transmettre la peste en enduisant les portes de graisse contaminée.

— Une boutepeste* ! Depuis le temps qu'on la cherche ! On va pas la laisser filer.

— On dirait bien la fille Lebesque, non ?

— Sûr que oui. Elle nous boude depuis qu'elle habite là-haut, chez les riches.

— C'est ton oncle qui nous a apporté la peste. Faudra payer pour ça aussi.

— Cette famille-là, elle complote avec le diable. Ça fait longtemps qu'on le sait !

Leurs cris avaient ameuté les voisins. Ils semblaient plus nombreux ; Catherine crut reconnaître plusieurs voix. En d'autres circonstances, ils l'auraient saluée et ils auraient soulevé leur bonnet devant le Grand Louis... En quelques jours la maladie avait attaqué le cœur des gens.

— La fille de l'Étrangère ! On n'a jamais bien su qui c'était sa mère !

— Y paraît que ça travaille aux écritures... Et quelles écritures, hein ?

— Ça vous salit pas les mains ! Ah ça non !

Ils vociféraient à présent.

Catherine avait empoigné sa jupe et grimpait de son mieux. Eux, avec leurs sabots aux pieds, dérapaient dans la boue du sentier. Mais

* Nom donné aux sorcières accusées de transmettre la peste.

ils étaient plus forts et plus nombreux. Elle trébucha ; la peur lui affaiblissait les jambes. Pour tenter de se rassurer, elle se dit qu'elle connaissait la falaise comme personne, qu'elle savait où sauter le ruisseau en crue, comment prendre le raccourci en se faufilant derrière le chêne oblique…

En effet, ils ne parvenaient pas à la rattraper et cela les rendait fous de rage.

— Plus tu nous échauffes, plus tu paieras cher !

— Tu sais, les diablesses de ton espèce, on les brûle !

Elle entendit une première pierre tomber à côté d'elle. La seconde l'atteignit au-dessus de la tempe.

— Tiens, voilà pour toi !

Elle chancela, ramassa à nouveau sa jupe et se remit à courir. De sa main libre, elle palpa la blessure : du sang poissait ses cheveux.

Une deuxième pierre l'atteignit dans le dos et lui coupa le souffle. Elle ne put s'empêcher de penser aux martyrs qu'on lapidait jadis.

La troisième ricocha sur son talon.

— Encore une bien placée et elle est à nous !

Respirer lui faisait mal. Elle perdait du terrain.

— Si on la rattrape, je la taillade avec ça ! cria une voix plus proche.

Elle frémit ; l'un d'eux devait tenir un couteau.

Devant le chêne, elle hésita, essuya la sueur et le sang sur son front. Le sentier de gauche menait à la mer. Arrivée au bord de la falaise, elle pourrait encore sauter dans le vide ; ça ferait sûrement moins mal que ce qui l'attendait... Tout droit, c'était Mauriencourt. Sur le grand chemin, il y aurait des gens, de l'aide. Aller au plus court, en coupant par la lande... Elle prit à droite une piste à peine tracée à travers les ajoncs. La jupe s'y accrochait. Elle tira et entendit l'étoffe craquer. Derrière, il y eut un gros rire, des exclamations grasses.

— Encore un effort ! Bientôt tu seras toute nue, la diablesse !

Le sang coulait dans ses yeux. Une autre pierre lui meurtrit le mollet. Encore quelques instants et elle serait perdue. De toutes ses forces, elle se mit à hurler, pour qu'ils l'entendent de là-bas. Le grand chemin ne devait plus être très loin. Les ajoncs s'éclaircissaient. Elle entendait dans son dos le halètement des hommes et le claquement de leurs sabots.

Devant elle, elle distingua une silhouette. Elle cria une dernière fois :

— Pour l'amour du ciel, sauvez-moi !

Sans savoir s'il s'agissait d'un ami ou d'un ennemi, elle s'abattit contre lui. Alors, elle reconnut Marie Letourneur. Aussitôt, les hommes les encerclèrent.

— Ha ! Ha ! La boutepeste et la pestiférée !

Marie Letourneur tenait fermement Catherine dans ses bras.

— Oui, la pestiférée ! cria-t-elle. Et maintenant approchez, la pestiférée voudrait bien vous embrasser, vous aussi !

Ils hésitaient, n'osaient avancer sans accepter pour autant de renoncer à leur proie.

Catherine s'accrochait aux épaules de Marie.

« S'ils reprennent courage, se dit-elle, c'est la fin. »

Mais Marie était solide comme un roc et continuait de les menacer. Derrière sa voix, Catherine crut entendre le grincement d'une charrette ; puis elle vit surgir le cheval de Mauriencourt. Debout dans la carriole, Étienne brandissait un fouet.

— Le premier qui y touche, je lui déchire le visage. Et il pourra crier ensuite que c'est le diable qui l'a fait ! Par qui je commence ?

Penauds, les hommes s'écartèrent.

— Demoiselle, montez, et vous aussi, Marie Letourneur.

Aucun n'osa protester quand la charrette passa devant eux.

Une fois qu'elle se sentit hors d'atteinte, Catherine se mit à pleurer ; des sanglots énormes, incontrôlables qui la secouaient tout entière.

— Pleure, ma fille. Tant que tu pleures, c'est que t'es bien vivante, répétait Marie Letourneur en lui essuyant le visage. Heureusement que je les ai entendus ! J'ai couru ; je m'en voulais de t'avoir jetée dans la gueule du loup...

Un peu plus loin sur la route, ils trouvèrent les enfants Letourneur qu'Étienne fit monter dans la charrette. Quand l'équipage s'arrêta dans la cour, le maître se tenait sous le porche, aux aguets. En quelques mots, Étienne le mit au courant.

— Selle mon cheval. Je cours chez le prévôt. Il va être temps de calmer les esprits. Guillemette, occupe-toi de Catherine. Les autres, installez-vous dans la cuisine.

— Nous sommes considérés comme suspects, répondit Marie Letourneur.

Gilles de Mauriencourt eut un rire bref :

— Dans cette maison, nous sommes tous suspects !

Catherine fut mise au lit. Elle ne pouvait cesser de pleurer. Les sanglots ne la secouaient plus mais les larmes coulaient sans arrêt, comme s'il fallait beaucoup d'eau pour laver la peine, la peur et le dégoût.

— Je voudrais que mon père soit là ! murmura-t-elle lorsque Guillemette vint nettoyer ses plaies.

La cuisinière lui caressa la tête.

— T'en fais pas pour ces petites blessures. Bientôt on ne verra plus rien. Maintenant, je vais redescendre. J'ai à faire avec les autres. J'voudrais pas qu'ils touchent trop à ma cuisine.

Catherine resta seule et s'efforça d'être calme. Les draps étaient doux, le lit moelleux, mais les images de la poursuite cognaient au fond de ses yeux et les larmes ne tarissaient pas. Brusquement, elle pensa à l'oncle et eut honte de l'avoir oublié. Elle aurait dû demander des nouvelles à Guillemette…

Par la lucarne entrouverte, elle entendait les enfants de Marie Letourneur jouer près de la porte de la cuisine. Plus tard, ce furent les sabots du cheval lorsque le sire revint de chez le prévôt. De temps en temps, elle fermait les yeux et s'assoupissait. Alors, les cris des hommes derrière elle la réveillaient.

Avant l'heure du souper, il y eut des pas hésitants dans l'escalier. Une main ouvrit lentement la porte. La dame de Mauriencourt entra dans la chambre. Confuse, Catherine se redressa contre les oreillers. La dame ! C'était bien la première fois que celle-ci lui faisait pareil honneur. La châtelaine s'assit sur un tabouret près de la lucarne et les parfums dont elle s'inondait envahirent la pièce. De temps à autre, elle respirait dans un petit cornet qu'elle tenait à la main.

— Catherine, ce qui vient de se passer est une infamie. Dieu merci, tu es saine et sauve mais ces ignobles vauriens devront répondre de leurs actes. Les gens de ma maison sont sous ma protection. Je tiens à ce que cela se sache au village.

Catherine ne comprenait pas tous les mots mais la présence de la dame lui paraissait miraculeuse.

— Tu vas te reposer quelques jours. Et quand tu te sentiras mieux, nous partirons en voyage. Il est grand temps de quitter ce lieu où la maladie transforme en bêtes immondes ceux qu'elle ne tue pas... Ce sera un grand voyage; nous irons jusqu'en royaume de Navarre rendre visite à la reine Marguerite avec laquelle je corresponds régulièrement, comme tu le sais... Nous partirons donc dès que possible.

Catherine la défia du regard.

— Et mon oncle?

La dame contempla longuement la jeune fille avant de répondre :

— Ton oncle est mort tout à l'heure. Très paisiblement. Selon sa dernière volonté, il sera enseveli dans notre chapelle.

— Le plus près possible de la mer, supplia Catherine.

La châtelaine sourit.

— Oui. Devant la petite porte qui donne vers la falaise. J'y consens d'autant plus volontiers que son dernier navire porte mon prénom.

La *Belle-Rosamonde*! murmura Catherine en essuyant les larmes qui recommençaient à couler. La *Belle-Rosamonde*... Tout avait changé si vite depuis le départ des bateaux. Au lieu de savourer la douceur du printemps, elle avait découvert la terreur et l'horreur. Tous ceux qu'elle aimait étaient au loin, pour toujours ou pour longtemps. Tout à coup, elle se sentit très vieille.

Lorsque la dame fut sortie, elle décida qu'elle n'irait pas en Navarre. Elle voulait regagner Nantes au plus vite, retrouver son père et sa mère. Là-bas était sa place. Dès que possible, elle en parlerait au sire de Mauriencourt...

***

Le Grand Louis fut inhumé le lendemain. Catherine se leva pour assister à la cérémonie. Elle se tint debout devant la tombe que l'on refermait jusqu'au moment où le sire de Mauriencourt vint lui toucher l'épaule :

— Une lettre de ton père est arrivée. Elle t'est adressée, à toi ainsi qu'à moi. Souhaites-tu en prendre connaissance ?

Ils se rendirent à la bibliothèque. Alors qu'elle hésitait devant la porte, le maître lui désigna un siège près du feu.

— Tu vois, dit-il en montrant un volumineux paquet posé sur la table. Il s'agit à n'en pas douter d'une lettre importante.

Elle ouvrit, les doigts pleins d'appréhension, et découvrit sur une liasse de feuillets soigneusement ficelés une lettre destinée à Louis Lebesque qu'elle écarta, puis une autre qu'elle lut à haute voix.

À Catherine, ma fille bien aimée,

À Gilles de Mauriencourt qui l'abrite sous son toit,

De tout cœur, je vous espère vivants malgré le mal qui accable le pays. Pour l'heure, je ne peux donner conseil sur la conduite à tenir en cas de peste mais je suis certain que vous agissez pour le mieux en ce qui concerne la santé de mon frère et la vôtre. Je vous envoie cette missive par les messageries royales qui sont les plus sûres. Les temps sont incertains pour moi à Nantes. Le Parlement s'est saisi d'une affaire me concernant et je risque une lourde peine.

Elle leva vers lui des yeux affolés. Il tendit la main vers la lettre et poursuivit :

Ayant pratiqué sur un patient une opération chirurgicale qui n'est pas admise par ces messieurs de la Faculté, j'ai pris un gros risque. Le drame est que mon patient ne l'a pas supportée; il s'est éteint peu après et la famille m'accuse… Je suis fort inquiété. Je dois partir d'ici quelques heures avec Léonora pour Paris ou Fontainebleau demander audience au roi afin d'obtenir ma grâce. Mais on me dit qu'il est malade et reçoit peu... C'est pourtant la seule chance qui me reste.

Je joins à cette lettre un paquet d'une valeur extrême : il s'agit de tout mon savoir et de quelques propositions nouvelles pour mieux pratiquer la médecine. Ce livre, s'il est publié, fera grand bruit. Mais le garder en ma possession m'apporterait aujourd'hui de graves ennuis. Je vous le confie. Entre vos mains, il sera à l'abri.

Pour quelques mois encore, je prie Gilles de Mauriencourt de prendre soin de ma fille Catherine comme si elle était sa parente.

Catherine, ta mère et moi t'embrassons tendrement.

Que Dieu vous garde.

Jean Lebesque

Accablée, Catherine ne bougea pas. Qu'allait-elle devenir si son dernier refuge s'écroulait ? Si le malheur était partout et s'acharnait sur sa famille ?

— Alors, je vais en Navarre avec vous, dit-elle simplement.

Et, sur ses joues, les larmes recommencèrent à couler.

Chapitre 5

Il faisait de plus en plus chaud. La *Belle-Rosamonde* avait piqué au sud jusqu'aux îles Canaries avant de se laisser porter vers l'ouest. Le voyage était deux fois plus long que pour Terre-Neuve mais il n'y avait rien à faire : le vent les menait de l'autre côté du monde aussi sûrement que l'aurait fait un charretier pressé de rentrer son cheval à l'écurie.

Après chaque point de midi, Martin Roze contemplait sur ses cartes la route parcourue.

— Nous touchons au but ; encore quelques jours et nous verrons la terre, affirma-t-il avec satisfaction après plusieurs semaines de mer.

Il était grand temps ; l'équipage commençait à se plaindre et les vivres étaient rationnées. Jason rêvait de pain frais, de fruits et d'eau pure. Il avait quitté sa lourde veste de terre-neuvas, jeté son bonnet et oublié qu'il avait risqué la mort pour des gants. Son plus vif désir à présent était de trouver une place à l'ombre où les implacables rayons du soleil ne pourraient l'atteindre. De sa cachette, il s'exerçait à lancer le couteau, en prenant pour cible un tonnelet rempli d'eau de mer qu'il éloignait de lui à mesure qu'il progressait.

Alors que la plupart des hommes allaient pieds nus sur le pont, Jason hésitait encore à se déchausser, redoutant quelque méchante remarque. Ici, comme sur la *Grande-Françoise*, ils avaient tous hérité d'un surnom. Autour de lui, à l'heure où l'on jouait aux dés, se groupaient «le Courtois» et «la Cogne» aussi inséparables que dissemblables, le premier étant apprécié pour son talent à raconter les histoires, l'autre pour la force de ses coups de poing. «Gueule-cassée» portait bien son nom : quelque part en Afrique, une flèche lui avait emporté la moitié de la joue. Quant à «El Caquelon*», le cuisinier, on prononçait son nom à l'espagnole pour se donner des airs de crâneur face à l'ennemi qu'il faudrait bientôt attaquer.

La *Belle-Rosamonde* allait droit vers les ter-

* Marmite à trois pieds.

ritoires espagnols du Nouveau Monde, et cette périlleuse mission faisait naître une lueur de fierté dans les regards. Lorsque Martin Roze, au tout début du voyage, avait annoncé à l'équipage l'aventure qui l'attendait, personne n'avait riposté et personne non plus n'avait levé la main quand le pilote proposa de débarquer à Morlaix ceux qui préféraient renoncer. Jason se sentait à l'aise parmi ces hommes audacieux. Parfois, il se voyait déjà de retour au village, planté devant l'oncle Louis et lui annonçant la fabuleuse cargaison de la *Belle-Rosamonde*. Ce jour-là, lui aussi aurait fait ses preuves.

***

À cause de ses prouesses passées, Gueule-cassée avait autorité sur les autres. Il venait de gagner aux dés contre Jason quand il déclara :

— Dis donc, toi le rescapé, t'as pas besoin de cacher tes pieds même s'ils sont tordus. Est-ce que je cache ma gueule moi ? Les filles me tombent dans les bras quand je leur dis qu'un sauvage* m'a mordu la joue.

* Nom donné par les Européens aux peuples d'Afrique noire ou aux Indiens d'Amérique.

— En plus, si tu mettais tout ça à l'air, ça puerait moins ! renchérit El Caquelon qui remontait de la cale avec une marmite de pois secs.

Jason se sentit gêné. Comme eux, cela faisait bientôt deux mois qu'il ne s'était lavé et, par cette chaleur, mieux valait être peu vêtu.

Au milieu des rires, ses compagnons lui jetèrent quelques seaux d'eau de mer qui l'obligèrent à se déchausser.

Lorsqu'il posa ses deux orteils nus sur le bois du pont, Gueule-cassée siffla :

— Eh bien, toi aussi, les sauvages t'ont mordu ! Encore une bouchée et ils t'avalaient le pied !

— Faut dire qu'il venait de leur voler la Toison d'or* ! déclara le Courtois, qui s'empressa de raconter la légende avec moult détails inventés par lui au fil du récit.

— C'est depuis ce jour-là qu'on m'appelle Jason, conclut Jason.

Il n'y eut aucun commentaire. Il respira.

L'histoire de la Toison d'or avait fait grand

* Dans la mythologie grecque, Jason est un héros qui réussit à s'emparer de la Toison d'or.

effet sur l'équipage qui en demandait une autre lorsqu'une voix tomba du ciel :

— Terre ! Terre sous le vent à nous !

Martin Roze monta aussitôt rejoindre l'homme de vigie dans la hune et observa attentivement l'horizon. L'équipage groupé sur un bord commentait fiévreusement l'ombre à peine visible qui émergeait dans le lointain. Personne ne regardait de l'autre côté et pourtant là-bas aussi quelque chose pointait. Jason savoura un instant sa découverte avant de crier :

— Terre ! Terre à bâbord !

— Voilà qui me plaît ! s'exclama Martin en se retournant, si mes calculs sont bons, nous touchons aux îles Layos*, comme les nomment les Espagnols. Un vrai chapelet d'îlots ; nous en verrons bientôt d'autres.

Brusquement, il y eut beaucoup à faire. Approcher l'ennemi nécessitait quelques préparatifs. Le maître d'équipage fit monter les deux lourds ballots que Jason avait maintes fois remarqués dans la cale. Une fois ouverts, leur contenu provoqua l'enthousiasme : il s'agissait de deux canons tout neufs.

* Aujourd'hui l'archipel des Bahamas, au large de la Floride.

— Tu vois, dit Martin à Jason, ton oncle avait tout prévu. Il est allé les chercher à Cherbourg quelques jours avant notre départ. Il y a aussi une caisse d'arquebuses et d'arbalètes.

Les canons furent solidement arrimés à chaque extrémité du navire.

— Faut pouvoir battre l'ennemi par l'avant et par l'arrière, affirma Gueule-cassée qui avait l'air de s'y connaître.

Chacun s'activait. De temps à autre, Jason levait les yeux et contemplait la côte qui se rapprochait. Dans quelques heures, il poserait le pied sur le Nouveau Monde. Bien sûr, il connaissait déjà Terre-Neuve, mais ces côtes que Martin Roze décrivait comme un paradis lui paraissaient chargées de tant de promesses !

La *Belle-Rosamonde* mouilla au fond d'une petite baie, et la plupart des hommes embarquèrent dans la chaloupe pour se rendre à terre. Martin Roze leur confia des armes.

— Simple précaution, assura-t-il, les Espagnols ont presque tous quitté les îles depuis qu'ils ont trouvé de l'or sur la terre ferme*. À mon avis, vous ne rencontrerez âme qui vive.

Autour d'eux, la mer était tiède, transpa-

* Le continent américain.

rente. Des poissons éclatants de couleur frôlaient la coque. Avant même d'avoir atteint le rivage, les hommes sautèrent dans l'irrésistible fraîcheur. Jason nagea longtemps, se laissant bercer par le flot bienfaisant. Et puis, enfin, il posa ses deux pieds sur le sable et regarda devant lui. La beauté était partout, éblouissante, enivrante. Pour la première fois depuis des semaines, il pensa à Catherine : confinée dans un printemps monotone entre ses lettres et ses promenades au village, elle ne connaîtrait jamais pareille merveille.

« Là-bas, il pleut sans doute », se dit-il.

Et il fit la grimace avant de chasser cette image grise.

En effet, l'île avait l'air déserte. Ils se jetèrent dans la première source venue. À l'aide d'une hache, le charpentier aménagea un bassin de rondins où ils purent se laver. Quel délice que cette eau qui nettoyait en douceur, apaisait les écorchures, démêlait les cheveux poisseux de sel. Jason lava aussi sa chemise et ses chausses. Jamais il n'avait imaginé qu'il pût faire aussi chaud. Couché sur le sable pendant que ses vêtements séchaient, il observa longuement le mouvement élégant des arbres qui bordaient la plage et qui n'avaient pas de nom en français.

Il s'attendait à voir toutes sortes d'animaux inconnus mais les seuls qu'ils rencontrèrent furent deux cochons marron fort semblables à ceux de chez eux.

El Caquelon, meilleur rôtisseur à terre que cuisinier à bord, leur servit à dîner de délicieuses tranches de viande grillée sur des feuilles plus grandes que des écuelles.

Martin Roze, qui se régalait comme les autres, expliqua la bouche pleine :

— En débarquant ici, les Espagnols ont apporté avec eux des cochons mais ces animaux ont ravagé les cultures des Indiens qui moururent de faim et de mauvais traitements. Les pauvres survivants furent déportés vers les autres îles comme esclaves... Ah, je vous assure, les Espagnols ont fait un carnage ! Il paraît que ces îles étaient florissantes avant qu'ils ne débarquent.

Martin Roze ne cachait pas sa haine des conquérants. Jason en oubliait de manger et sentait un malaise monter en lui. Parmi ses compagnons, personne ne savait qu'il était né en Espagne, que le nom de Lebesque lui avait été donné bien après sa naissance, lorsque

Léonora était arrivée en France. Et maintenant qu'il était confronté aux Espagnols, l'image qu'il découvrait d'eux était de plus en plus noire.

— Jason, ça refroidit ! cria El Caquelon. Pas la peine que je me démène à vous faire de la pitance digne d'un roi !

Ils furent bientôt rassasiés. Vint l'heure de la sieste ou des histoires et l'on fit cercle autour du Courtois.

Martin Roze en profita pour partir en reconnaissance vers l'intérieur de l'île, accompagné de Gueule-cassée. Jason eut la certitude qu'il cherchait quelque chose de précis. Les deux hommes restèrent absents jusqu'au soir. En remontant à bord, le pilote se frottait les mains :

— On m'a confirmé que les galions chargés d'or et d'objets précieux convergent vers la ville de Carthagène en Nouvelle-Grenade*, avant de repartir à l'automne pour l'Europe. D'ici là, il y aura bien un ou deux navires imprudents qui se jetteront entre nos griffes. Pas vrai, les gars ?

Tous crièrent leur enthousiasme. Martin reprit son sérieux.

— En attendant, mes amis, j'exige de vous

* Colombie actuelle.

la plus grande vigilance ; naviguer entre ces cailloux est un casse-tête !

Suivirent alors plusieurs jours d'une navigation épuisante. Les hauts-fonds et les récifs les obligeaient à avancer très lentement, en sondant sans cesse afin de mesurer la profondeur de l'eau. À l'avant de la *Belle-Rosamonde*, ils se relayaient, le visage tendu, attentifs aux mouvements, aux changements de couleur de la mer. La hantise d'échouer leur navire sur un massif de corail les tenaillait. Une fois la coque percée, ils seraient pris au piège, à la merci du premier vaisseau espagnol... Enfin, les récifs s'espacèrent. Devant eux s'ouvrait à nouveau la mer bleue. Au loin les attendait la terre ferme, le pays de l'Eldorado et des trésors infinis que les cartes de Martin nommaient America.

Un matin, à la pointe de l'aube, ils virent déboucher deux voiles qui semblaient profiter du jour naissant pour avancer bon train. Depuis la hune, Martin inspecta les arrivants et décida d'attaquer. De toute évidence, ces vaisseaux avaient quelque chose à cacher. Cela sentait la bonne prise.

— Branle-bas ! cria-t-il de son perchoir.

La chasse commença. Afin de gagner de la vitesse, il fallut mettre toutes voiles dehors et les marins grimpèrent dans la mâture. De là-haut, Jason en profita pour observer l'ennemi. La taille des bateaux ne dépassait guère celle de la *Belle-Rosamonde*, mais deux à la fois... Pour un premier coup, Martin voyait grand !

Pendant ce temps, Gueule-cassée s'affairait autour du canon arrière, Martin Roze avait déjà pris le contrôle de l'avant. Lorsque les navires furent à portée de tir, il fit ouvrir le feu sur le plus proche. L'autre en profita pour s'esquiver.

— Poltron, vaurien, lâche ! lui cria la Cogne qui se massait déjà les poings en prévision des coups à venir.

— Vite ! Des sacs de poudre, des boulets, rangés ici. Bien calés surtout !

Gueule-cassée donnait des conseils précis que Jason exécutait de son mieux. Le vieux marin enflamma la poudre à l'aide d'une longue tige et leur fit signe de reculer quand le canon tonna. Une fois la fumée dissipée, ils virent que le coup avait touché l'ennemi.

Celui-ci riposta mais le boulet fit une gerbe d'écume à quelques brasses de la *Belle-Rosamonde*. Un deuxième boulet suivit de peu, qui leur siffla aux oreilles. L'espagnol était mieux armé mais plus maladroit. Comparée à lui, la *Belle-Rosamonde* semblait danser sur l'eau, et l'homme de barre manœuvrait à la perfection. De temps à autre Martin Roze hurlait un ordre à tout l'équipage. Son regard était devenu gris acier et ses mâchoires serrées ressassaient une sorte de rage.

La distance entre les deux bateaux diminuait. Bientôt, ils seraient trop proches pour continuer au canon.

Grimpé dans la hune sans peur de la mitraille, le Courtois ajusta le premier carreau d'arbalète tandis que sur le pont cinq hommes armaient les arquebuses.

Il y eut un mouvement de pagaille chez l'adversaire.

— J'ai touché l'homme de barre ! jubila le Courtois.

À cet instant, on entendit un fracas du côté de la cambuse : l'échelle venait de s'écrouler, rompue par un dernier boulet. Il s'ensuivit un tintamarre de casseroles et une bordée de jurons. Malgré la sueur et la fièvre de la bataille, ils se prirent à sourire : tant qu'El Caquelon rouspétait, tout allait pour le mieux.

Les navires étaient maintenant bord à bord. Les Français lancèrent des grappins dans les mâts, obligeant l'espagnol à se coller contre la *Belle-Rosamonde*.

Jason avait accroché plusieurs couteaux à sa ceinture. Le moment était venu de s'en servir. À quelques pas, un marin espagnol pointait une arquebuse. Il lança la première lame en visant la main qui lâcha l'arme aussitôt.

— Bien joué ! cria Gueule-cassée. En voilà un qui peut plus servir à grand-chose !

— Garde à toi ! hurla Jason en lançant un second couteau sur un Espagnol qui brandissait une hache dans le dos du vieux marin. Gueule-cassée remercia d'un geste et saisit la hache que l'autre venait de laisser choir.

Dans la hune, le Courtois y allait toujours de son arbalète. Sur le pont ennemi, la Cogne frappait du poing et du gourdin ; c'était sa méthode et elle en valait bien une autre car ce fut lui qui fracassa la tête du capitaine.

Privé de son chef, l'équipage adverse perdit confiance et abaissa son pavillon en signe de reddition. Ceux de la *Belle-Rosamonde* gueulèrent leur victoire jusqu'à en perdre la voix. Puis ils se décidèrent à regarder de plus près ce qu'ils avaient gagné. Gueule-cassée s'empressa de ligoter les marins terrorisés qui se serraient contre le grand mât tandis que ses compagnons défonçaient l'écoutille* de la cale à coups de hache.

Martin descendit le premier, suivi de près par Jason.

En bas de l'échelle, ils butèrent sur le corps d'un Indien, simplement vêtu d'un pagne et couvert de meurtrissures.

— Ils l'ont roué de coups ! gronda Martin. Ces brutes sont soi-disant venus évangéliser les indigènes. En fait, ils leur prennent leurs terres et les martyrisent !

Jason se pencha vers le mort :

— On dirait un pêcheur ; son vêtement est plein de sel.

— Oui ! Mais pas un pêcheur comme toi. Venez voir ça, les gars.

Il avait ouvert une des caisses empilées. Dans la pénombre luisaient des perles, des monceaux de perles. De quoi couvrir toutes les princesses d'Espagne de la tête aux pieds. Émerveillé, Jason en fit rouler trois dans sa paume, caressa ce trésor offert par la mer.

— Chacun prend une poignée pour son usage personnel, dit Martin Roze. Le reste, on verra

* Ouverture pratiquée dans le pont d'un navire et donnant accès aux étages inférieurs.

plus tard. Ça ne vaut pas autant que l'or mais c'est un joli début.

Pendant que les hommes vérifiaient le contenu des autres caisses, ils remontèrent vers la lumière. La *Belle-Rosamonde* avait piètre mine. Les voiles déchiquetées pendaient comme du linge sale. Le château avant était en partie éventré et El Caquelon se plaignait que sa cambuse n'était plus qu'une ruine. Il fallait réparer au plus vite.

Ils enroulèrent les morts dans une toile et les ensevelirent dans la mer ; quant à l'équipage espagnol, il fut abandonné dans une chaloupe avec des vivres et de l'eau.

— Sur cette mer semée d'îles, ils trouveront vite du secours, affirma Gueule-cassée.

Jason se sentit soulagé. Il en avait assez du massacre.

À petite allure, ils gagnèrent la côte. Des Indiens rassemblés sur la plage lancèrent à leur rencontre une grande pirogue à voile carrée. À bout de bras, ils tendaient des fruits que Martin Roze nomma *pinas** en espagnol.

Guidés par la pirogue, les Français trouvèrent refuge à l'abri d'un énorme rocher. Aucun

* Ananas.

navire longeant la côte ne pouvait découvrir cette excellente cachette. Rassuré sur le sort de la *Belle-Rosamonde*, l'équipage descendit à terre où les attendaient des dizaines d'Indiens au visage réjoui.

— Pourquoi ont-ils l'air si contents? demanda Jason à Martin.

— Ce n'est pas la première fois que des pirates français débarquent ici. Les Indiens savent bien que les Espagnols sont nos ennemis... Et ils nous aideront sûrement à réussir un ou deux mauvais coups...

Ils furent accueillis avec générosité. Le chef de la communauté vint les saluer, mêlant quelques mots d'espagnol à des gestes de bienvenue, et les convia à manger dans une grande maison de torchis au centre du village. En prenant place, Jason fit une découverte qui lui coupa l'appétit : non loin de l'endroit où ils festoyaient étaient exposés des squelettes desséchés, recroquevillés.

Il fit signe à Gueule-cassée.

— Mange! répondit celui-ci, sinon ça va les vexer.

— Ce sont les momies de leurs ancêtres, expliqua brièvement Martin qui surveillait les réactions des uns et des autres.

Le repas, servi par les femmes, comportait de la viande délicatement fumée, des galettes, des purées douces et d'autres piquantes, toutes sortes de fruits au goût de paradis et un vin léger qui tournait la tête. Tous firent honneur aux plats, même Jason qui finit par oublier les ancêtres, et El Caquelon qui préférait toujours sa propre cuisine à celle des autres.

Pour remercier de ces délicieux mets, Martin déposa une caisse de perles devant le chef du village. Celui-ci parut très flatté et fit comprendre qu'ils en fabriqueraient des parures pour honorer leurs dieux et leurs morts.

— Ils feraient mieux de s'acheter des armes contre les Espagnols ! maugréa Gueule-cassée.

Avec l'aide des villageois, l'équipage amena la *Belle-Rosamonde* sur le rivage afin d'y effectuer les réparations. Le charpentier en profita pour inspecter la coque que de minuscules parasites avaient déjà attaquée. Des renforts de bois neuf étaient nécessaires par endroits. Malgré l'écrasante chaleur, l'équipage se mit à l'ouvrage. Jason et le Courtois travaillaient à scier des planches dans les troncs que la Cogne abattait à la hache. Les Indiens venaient assister à la chute de l'arbre et demandaient à toucher le tranchant du métal. Leurs outils à eux étaient en pierre. Ils n'arrivaient jamais les mains vides, apportaient de l'eau fraîche, des tissus de coton pour remplacer les chemises en lambeaux. Un soir, Jason échangea sa veste de terre-neuvas contre un hamac. Il décida aussitôt de jeter sa vieille paillasse pour utiliser ce nouveau couchage qui le protégerait davantage des piqûres d'insectes. En effet, ses pieds étaient gonflés, tiraillés par d'abominables démangeaisons. La Cogne, qui était atteint du même mal, était prêt à se couper le pied, tant l'irritation le rendait fou.

Ils étaient assis sur un tronc abattu, examinant leurs orteils, quand ils virent une silhouette s'approcher qui n'avait ni le vêtement ni la démarche d'un Indien. Jason mit la main à son coutelas. Un Espagnol ? Une longue robe… Une femme ? Un moine ! Sans arme, apparemment.

L'homme s'arrêta à leur hauteur et leur adressa la parole en français, avec un fort accent espagnol :

— Les gens du village m'ont parlé de vous. Vous avez débarqué avec un bateau endommagé… Je suis frère Vicente, moine dominicain et j'habite sur la colline. Vous devriez venir chez moi pour que je soigne vos pieds, sinon la chique va continuer à les ronger.

Il passa son chemin sans attendre la réponse. Plus loin, il fut rejoint par deux enfants qui n'avaient pas du tout l'air effrayés.

— La chique ! T'en penses quoi de c't oiseau-là ? demanda la Cogne en lorgnant ses pieds enflés ?

— Pas grand-chose. En tout cas, moi je veux garder les deux orteils qui me restent. On ira le voir.

Ils se firent conduire le lendemain par un jeune Indien qui portait un sac de grain. Frère Vicente les accueillit sur le seuil d'une maison de torchis accolée à une petite église construite en pierre. Des habitations basses encadraient un beau jardin où des Indiens allaient et venaient tranquillement.

— Voici mon hôpital ! dit fièrement le religieux. Vous avez bien fait de venir. La chique est un petit insecte insupportable qui se glisse sous la peau. Heureusement qu'on la déloge facilement !

Lorsque Jason dénoua sa chaussure, le frère examina longuement la cicatrice.

— Celui qui t'a fait ça est un grand savant.

— C'est mon père, dit Jason, il est médecin en France. Sans lui, je serais infirme.

Le religieux le regarda avec insistance avant d'entreprendre les soins : il prépara un bain de pieds avec des plantes cueillies au jardin puis ôta les petits parasites à l'aide d'une épingle. Aussitôt, Jason se sentit mieux.

Un peu plus tard, la Cogne se leva à son tour, le visage satisfait.

— J'ai l'impression d'avoir des pieds tout neufs.

— Évitez les vêtements serrés, les chaussures qui enferment, recommanda le religieux, et revenez si vous avez encore mal.

Jason allait offrir quelques perles en remerciement lorsqu'il découvrit dans une coupelle une poignée de leur trésor. Devant son visage ahuri, frère Vicente éclata de rire :

— Les villageois m'ont apporté un peu de votre cadeau.

— Pourquoi font-ils cela?

— Pour me remercier, comme tu allais le faire. Je les soigne, je leur apprends à lire, je leur explique la religion, je les baptise. Parfois, je les protège.

— Mais vous êtes espagnol!

Frère Vicente sourit :

— Avant tout, je suis le serviteur de Dieu. Et les Indiens sont les enfants de Dieu comme toi et moi. L'attitude des colons espagnols me répugne bien souvent. Nous sommes plusieurs religieux à lutter contre les mauvais traitements qu'ils font subir aux Indiens. Certains Espagnols méritent l'enfer pour les atrocités qu'ils commettent.

Cet homme parlait comme Martin Roze et pourtant il était espagnol. Jason se dit qu'il raconterait tout cela au pilote.

— Mais alors, comment vous remercier ? demanda la Cogne qui étirait ses orteils avec délices.

— Puisque vous avez de bons outils de charpentier, quelques heures de travail seraient les bienvenues, répondit frère Vicente en montrant du doigt un chantier à peine commencé.

C'est ainsi que Jason et ses amis prirent l'habitude de monter à la mission de frère Vicente pour élever la charpente d'un nouveau bâtiment. Pendant que les deux autres travaillaient, le Courtois racontait des histoires aux enfants, des histoires en français avec des mimiques qui déclenchaient des rires interminables. En échange de quoi, il reçut un magnifique perroquet qui sut bientôt dire « bonjour » et « bonsoir ».

Pendant ce temps, les travaux progressaient sur la *Belle-Rosamonde*. À la mi-juillet, le navire fut remis à flot et l'on organisa une sortie en mer pour tester les réparations. Jason et ses deux compagnons préférèrent rester à terre ce jour-là ; ils avaient encore à faire à la mission.

Quand ils redescendirent vers le village, avant le coucher du soleil, ils furent surpris d'entendre au loin des cris et des aboiements.

En approchant, ils comprirent vite : les Espagnols étaient là avec des chevaux et des chiens, deux énormes molosses aux colliers hérissés de pointes. Une dizaine de soldats avaient rassemblé les hommes sur la place de terre battue et les menaçaient du fouet tandis que le chef du village tâchait de s'expliquer. Des enfants apeurés étaient blottis contre un mur.

Jason s'avança avec précaution. Le chef ne cessait de parlementer malgré les armes pointées sur lui mais les soldats avaient déjà enchaîné quelques hommes. Derrière le buisson qui les cachait, Jason avait la main crispée sur son couteau. Soudain le fouet claqua. Sous les coups, les captifs se levèrent. Une femme s'élança, suivie par des enfants. À ce moment, l'Espagnol lâcha ses chiens. Jason vit les mâchoires furieuses écraser un petit bras. Il n'y tint plus, se dressa et lança son couteau. La lame s'enfonça dans le flanc de l'animal qui s'affala en geignant. L'homme se retourna.

— Cache-toi ! supplia le Courtois.

Jason refusa d'entendre. Il y avait un autre chien à abattre et puis toutes ces brutes… Ah ! Comme il avait raison, Martin, de leur en vouloir !

Il continuait d'avancer.

— Laisse-moi faire, chuchota le Courtois qui l'avait rejoint.

La fronde du pirate atteignit l'homme aux chiens en plein visage.

Hurlant de douleur, celui-ci appela du renfort. Des soldats se précipitèrent ; le chien bondit, arrêté net par le second couteau de Jason. Mais les Espagnols étaient déjà sur eux et les auraient tués sur place s'ils n'avaient reconnu des Européens.

— Sujets de Sa Majesté le roi François, déclara le Courtois en se redressant.

Ils furent attachés derrière un cheval. Malgré la peur et les cordes trop serrées, Jason savait que la pagaille avait permis aux Indiens de s'enfuir ; éparpillés dans les taillis, ils seraient introuvables.

Les Espagnols gueulaient des ordres en tous sens. Le fouet claqua à nouveau et le convoi s'ébranla.

Où les emmenaient-ils donc ?

Chapitre 6

Des portes de bois sombre, des ciselures de pierre, des sièges de cuir lourd rehaussé de clous d'or, de l'or encore sur la voûte écrasante au-dessus de leurs têtes, sur les chandeliers et les vasques qui ornaient la table. Ils venaient d'entrer dans une immense salle et les yeux de Jason, s'accoutumant à la pénombre après la lumière blanche de la cour, découvraient le luxe des palais espagnols.

Tout cela suait l'orgueil. Dans cet univers de conquérants si sûrs de leur domination, Jason se sentait étranger. Jusqu'à présent, il avait abordé l'inconnu protégé par ses compagnons, des gens de chez lui qui avaient embarqué dans le même port et partageaient des souvenirs communs. Ce rempart contre la solitude s'amenuisait : en cet instant, seul le Courtois était à ses côtés, et cela n'était pas de trop pour résister à la peur face à l'arrogance des soldats dont les armes cliquetaient sous les voûtes de la grande salle.

Depuis leur départ du village indien, l'épaule du Courtois, droite et ferme, ne l'avait pas quitté. Heure après heure sous l'effroyable soleil, ils avaient appris à marcher au même pas que le cheval qui les tirait, à ne pas trébucher sur les obstacles de la piste, à ne pas tomber surtout… Car se relever au plus vite, les mains liées dans le dos, tenait de la prouesse. Parfois le fouet sifflait. Plus souvent sur les épaules des Indiens que sur les leurs. Jason sentait bien que les Indiens ne reverraient jamais leur village. Dans quelques jours, ils seraient tués au travail ou sous les coups. Sans doute le savaient-ils aussi. Le regard vide, ils refusaient de manger aux haltes et se recroquevillaient sur la terre nue, déjà semblables aux ancêtres desséchés qu'ils exposaient dans la maison des banquets.

Inlassablement, le Courtois contait des histoires, même quand la tension de la corde autour de ses poignets le faisait grimacer de douleur.

Seule, la soif pouvait le faire taire. En cheminant à côté de lui, Jason découvrit la légende de Pégase, le cheval ailé, celle du fabuleux empereur Alexandre et le terrible destin de la ville d'Ys, noyée sous les eaux... Les mots du Courtois étaient assez forts pour effacer la fatigue, et, lorsque Jason demandait à son compagnon d'où il tenait tant de savoir, celui-ci haussait les épaules. Jason n'osait insister : les bateaux embarquaient beaucoup de mystères en même temps que les équipages et chacun avait coutume de respecter les secrets de l'autre.

Peu à peu la piste s'élargit; des murs gris apparurent. Ils apprirent qu'ils étaient arrivés à Cartagena de los Indias : Carthagène, la ville au butin fabuleux qu'ils convoitaient quelques semaines plus tôt. Elle semblait construite à la hâte, masse uniforme de torchis d'où émergeaient les silhouettes de pierre d'un palais ou d'une demeure espagnole. Sur la place centrale, les groupes se séparèrent. Les Indiens furent poussés d'un côté tandis que les deux Français étaient emmenés vers une longue façade blanche. Derrière l'imposant portail qui se referma sur eux apparut une cour aux murs lépreux. Au rez-de-chaussée, sous l'étage réservé à la garnison, une rangée de portes donnait accès à d'infects cachots. Leur prison, à demi enterrée, leur parut fraîche après la fournaise du dehors et Jason s'endormit.

***

Sous la voûte de la grande salle où l'on venait de les conduire, les odeurs de sueur se mêlaient en un parfum âcre, irrespirable. Des plaignants se préparaient à énoncer leur requête, des prisonniers attendaient d'être jugés. Le sort réservé aux pirates étrangers était bien connu : la pendaison. Jason en avait la gorge sèche. Il aurait préféré mourir de froid du côté de Terre-Neuve ! La pendaison, pour avoir tué un chien qui dévorait un enfant vivant… et raflé quelques caisses de perles aux pilleurs de ce pays. Mais ces imbéciles ne le savaient pas encore ! Tout ce qui lui restait de cette belle aventure, c'était une minuscule poignée de perles cachée dans sa ceinture. Tôt ou tard, un de leurs gardiens finirait par les découvrir et, avant la pendaison, on ajouterait quelques supplices. Jason se sentait manquer de courage.

L'attente était longue. Non loin des deux prisonniers, une servante indienne munie d'un arrosoir mouillait le sol afin de coller la poussière. Chaque fois qu'elle se redressait, elle fixait Jason, avec trop d'insistance pour que ce regard fût de la simple curiosité. Il reprit confiance. Parmi cette foule hostile qui assisterait bientôt à leur condamnation à mort, cette femme serait-elle leur dernière alliée ?

Dans la grande salle fermée de toutes parts, la surveillance des gardiens s'était relâchée. Jason s'accrocha aux yeux de cette pauvre femme. De toute la force de son regard, il l'appela. Imperceptiblement, tout en agitant l'arrosoir, celle-ci s'approcha.

— *Cinturón**, murmura le Courtois au moment où elle passa près de lui.

— *Cinturón*, répéta Jason lorsqu'elle fut contre son dos.

Elle hésita puis plongea la main là où la ceinture de toile dessinait une poche. Aucun tressaillement ne la dénonça quand ses doigts touchèrent les perles.

— *Fray*** Vicente, Tanaquahil.

Jason répéta trois fois ces mots qui portaient tout leur espoir. La servante s'éloigna lentement. Il ne sut pas si elle avait compris.

* Ceinture en espagnol.
** Frère.

Il y eut un remous au fond de la salle. La plus grande porte venait de s'ouvrir, laissant place à un important cortège de soldats cuirassés et d'hommes vêtus de noir.

Un homme hurla dans un porte-voix :

— Don Esteban de Ribañes.

Jason crut recevoir un coup de marteau sur la tête. Il poussa le Courtois de l'épaule :

— T'as entendu quoi ?

— Don Esteban de Ribañes. Ce doit être le nom du haut personnage qui arrive.

Jason ferma les yeux. Ce nom envahissait tout à l'intérieur de lui, cognait derrière son front, résonnait dans sa poitrine, descendait lui tarauder le ventre. Un nom qu'il avait entendu deux ans auparavant et qui prenait corps aujourd'hui. Derrière ses paupières jointes, il revit le visage ravagé de Léonora :

« Ton père, je ne l'ai pas bien connu. Il s'appelait don Esteban de Ribañes. »

Puis il entendit la voix qui criait :

« Tu m'entends ? Je ne suis pas ta mère ! Tu n'es pas mon fils ! Je t'ai enlevé à cette vie noble qui t'attendait ! »

Jason se força à ouvrir les yeux. Il vit une silhouette portée sur une sorte de trône par quatre serviteurs indiens. Ainsi, dans ce monde soi-disant nouveau, cet homme qui l'avait engendré dictait la loi espagnole, une loi féroce destinée à servir les uns en écrasant les autres.

Lorsque les membres du cortège s'écartèrent, Jason tendit le cou. Don Esteban de Ribañes ne se leva pas. La chaise fut posée sur une estrade dominant l'assistance. L'homme qui régnait sur la cité apparut alors dans toute sa vérité : le teint gris, des plis d'amertume ou de souffrance lui marquant le visage, il semblait fatigué de vivre. On apporta un trépied pour qu'il pût étendre sa jambe.

— Pas frais, l'illustre gouverneur au nom du roi d'Espagne ! ricana le Courtois.

Jason ne répondit pas. Ce spectacle lui était insupportable. Il pensa au regard clair de Jean Lebesque, à ses mains de chirurgien qui avaient choisi de réparer au lieu de fouetter, d'écraser, de soumettre.

L'arrivée du juge suivit de peu celle du gouverneur. L'assemblée débuta par un discours où le nom de Charles, roi d'Espagne*, revint plusieurs fois. Le menton dans la main, don Esteban écoutait pensivement. Au pied de l'estrade, des plaignants attendaient leur tour. Le

* Il s'agit de Charles Quint (1516-1556).

premier cas fut celui d'un capitaine espagnol qu'on accusait d'avoir volontairement égaré une cargaison destinée à l'Espagne. Pendant que l'homme se défendait avec véhémence, le Courtois chuchotait à Jason le peu qu'il comprenait. Jason lui fit signe de se taire ; il n'avait pas la force d'écouter. Observer cette silhouette posée sur l'estrade exigeait toute son énergie.

Un greffier nota sur un registre la sentence du juge, qui renvoyait le capitaine aux magistrats de Séville, et le gouverneur se contenta d'approuver d'un hochement lent de la tête. Jason se dit que son nom figurerait bientôt dans le gros livre parmi les condamnés du jour : Jason Lebesque, pirate français ayant osé s'opposer à l'autorité du roi d'Espagne…

Don Esteban de Ribañes manifesta des signes de lassitude et le juge décida de suspendre l'audience par égard pour le représentant de la Couronne.

Les prisonniers furent reconduits dans leur geôle. Jason s'affala sur le banc, massant ses poignets qu'on venait de délier. Ainsi, grâce à la mauvaise santé de son père, ils avaient gagné un court sursis, à vivre comme des rats dans un trou. Il fut tenté de tout raconter au Courtois, mais celui-ci avait la langue trop bien pendue et Jason ne pouvait supporter l'idée que son secret pût devenir une histoire.

Ils attendirent plusieurs jours avant d'apprendre que le juge, réclamé d'urgence à Santa Marta, laissait à ses assistants le soin de régler les affaires courantes. Le jugement de deux pirates français venus chercher noise aux Espagnols dépassait leur compétence et fut reporté à une date incertaine.

Dans l'obscurité nauséabonde, Jason rêvait de soleil et réclamait au Courtois des récits pleins de lumière. Il pensait à l'homme gris, là-haut, qui ne pouvait plus marcher et il doutait parfois qu'il fût son père. Après tout, Ribañes était certainement un nom courant en espagnol. Mais, tout de même, don Esteban de Ribañes... Le nom entier! Ce doute était lancinant. Le jour du jugement, faudrait-il crier qu'il était le fils de ce haut personnage plutôt que de sentir la corde se serrer autour de son cou? Qui le croirait? Et s'il osait le faire, mettrait-il Léonora en péril? Tout cela le rendait fou. Sans la patience du Courtois qui trouvait toujours quelques mots apaisants, peut-être se serait-il cogné la tête contre les murs jusqu'à la faire éclater.

L'attente dura. Un matin, il y eut de l'agitation. La garde fut réquisitionnée pour monter aux remparts de la ville car l'on parlait de deux bateaux suspects qui s'avançaient dans la baie. Le Courtois serra Jason dans ses bras.

— Tu vois, ils viennent nous libérer ! J'en étais sûr que Martin ne nous laisserait pas tomber !

La garde revint en traînant les pieds. Aucune attaque sérieuse n'avait eu lieu. Ils n'osèrent plus parler de délivrance.

— Prenez patience ; on finira bien par vous pendre ! ricanait le geôlier en livrant la soupe ainsi qu'un gobelet d'eau croupie.

À force d'écouter les conversations dans la cour, ils surent bientôt assez d'espagnol pour parler à leur tour, en particulier le Courtois qui était doué pour les mots. Alors, à travers la porte, il se mit à raconter des histoires. Le premier qui l'écouta fut le prisonnier de la cellule voisine, un contrebandier qui risquait aussi la pendaison, puis le geôlier lui-même finit par s'approcher et se laisser prendre aux récits.

Bien que son répertoire parût inépuisable, le Courtois s'autorisait parfois des répétitions. Dans ce cas, Jason, qui préférait les nouveautés, se retirait contre le mur du fond, sous l'étroit soupirail qui diffusait un léger courant d'air venu du dehors. Le conteur entamait ce jour-là une troisième version du cheval de Troie lorsque Jason entendit un grattement au-dessus de lui. Avant même d'avoir pu se lever, il reçut sur le nez un minuscule carré d'étoffe. Il faillit appeler le Courtois mais celui-ci captivait son auditoire, y compris le geôlier qui écoutait béatement en mâchonnant une baguette de bois. Jason palpa l'étoffe, rencontra quelques grains sous ses doigts. Un petit sac ! À l'aide de ses dents, il déchira la couture. Trois perles glissèrent dans sa main. Il colla sa main contre sa bouche : pas d'exclamation surtout ! Et il laissa les larmes silencieuses rouler sur ses joues. Dans cette ville sinistre, quelqu'un pensait à eux, quelqu'un leur envoyait un message… Qui ? Frère Vicente ? La vieille Indienne ? À moins que celle-ci n'ait rien osé entreprendre… Si cela était vrai, pourquoi aurait-elle renvoyé les perles ? En retournant le petit sac entre ses doigts, il réalisa que le message émanait bien de frère Vicente ; l'étoffe était celle d'une robe de moine. Son cœur martelait si fort qu'il s'inquiéta. Mais les autres, à quelques pas, ne lui prêtaient aucune attention. Le monstrueux cheval de bois venait de pénétrer dans la ville de Troie, déversant des hordes de guerriers grecs.

Jason écouta quelques bribes et sourit. Bientôt lui aussi, avec l'aide de Martin Roze, de la Cogne et de tous ceux de la *Belle-Rosamonde*, il écraserait ces maudits Espagnols… Et puis, après avoir rempli les cales de butin, ils s'en iraient. Il fallait compter deux mois pour le retour. Ils arriveraient à la maison pour la Saint-Michel…

***

Le lendemain, avant l'aube, le geôlier fit sortir Jason.

— On les pend un par un, sur ordre du gouverneur, déclara-t-il.

Jason voulut se retourner vers le Courtois, le serrer dans ses bras et le remercier pour tout, mais un soldat, lui plantant une pique dans le dos, l'obligea à tendre ses poignets vers l'arrière. Les jambes faibles, il suivit l'homme, en regardant intensément chaque chose qu'il voyait pour la dernière fois. Ils traversèrent la cour déserte, puis la grande salle des assemblées, puis une autre cour où aucune potence n'était dressée. En bas d'un escalier, il fut confié à un garde ensommeillé qui le conduisit à l'étage, devant une belle porte. Là, il attendit, ballotté entre la peur et l'espoir. On ne pend pas les bandits dans la chambre d'un palais mais sur la place publique… Le geôlier s'était donc payé sa tête. Devait-il se préparer à subir un interrogatoire ? Pourquoi lui seul ? La porte s'ouvrit et frère Vicente apparut. Le visage distant du moine lui dicta sa conduite : n'exprimer ni joie ni surprise. Une fois qu'il eût les mains déliées, Jason dut les plaquer sur ses genoux afin de contenir leur tremblement. Le moine lui fit signe d'entrer.

La porte refermée, il expliqua à voix très basse :

— Vous allez être reçu par le gouverneur qui s'intéresse aux réussites de la médecine car lui-même souffre d'une attaque chronique de goutte* qui lui paralyse le pied. Un serviteur va vous apporter de l'eau pour vous laver.

Jason attendit à nouveau, assis à l'écart, essayant de calmer son cœur. Tout allait si vite ! Quelques instants auparavant, il croyait marcher vers la mort, et voilà qu'il se retrouvait dans l'antichambre du gouverneur. De l'autre côté, rencontrerait-il la liberté ? Incapable de

* Maladie souvent due à une alimentation trop riche, se traduisant par de violentes douleurs dans les articulations des orteils.

penser, il devait se contenter d'obéir. Toutes les cartes étaient dans la main de frère Vicente.

Ce fut la vieille servante qui apporta une bassine d'eau et un linge. Elle s'inclina avant de poser le récipient devant lui et le regarda attentivement, comme dans la salle quelques semaines plus tôt. Enfin, elle entreprit de lui laver les pieds et ne voulut rien comprendre quand il essaya d'écarter ses mains. Malgré l'heure matinale, des gens passaient : le pas léger d'un serviteur indien, un prêtre récitant ostensiblement ses prières, un hidalgo* en pourpoint noir qui remarqua le jeune homme, s'avança méfiant, puis se ravisa. La sueur de la peur coulait dans le dos de Jason. En dépit de quelques progrès en espagnol, son accent étranger et ses maladresses le trahiraient immédiatement s'il était contraint d'ouvrir la bouche.

Frère Vicente s'approcha. Réalisant alors qu'il allait être confronté à son père, Jason hésita.

— Cette humiliante exhibition est-elle vraiment nécessaire? murmura-t-il.

— J'ai trouvé ce moyen pour te faire venir ici... Il a signé un laissez-passer pour toi. Il

* Noble espagnol chargé d'encadrer les armées.

est plus facile de sortir de la chambre du gouverneur que de la cour des prisonniers…

Il parlait si bas que Jason devait lire sur ses lèvres.

— Faites-moi donc voir ce pied dont vous me parliez tout à l'heure ! s'impatienta une voix au fond de la chambre voisine.

Le moine poussa Jason vers le lit. Sur les dentelles délicates de l'oreiller se détachait un visage épuisé où la maladie avait déjà creusé les orbites et les joues.

Jason tenta d'imaginer quels étaient les traits de don Esteban lorsqu'il avait son âge mais aucune image ne vint. À croire que la jeunesse s'était éteinte en lui depuis trop longtemps. Pas un instant il ne rencontra ses yeux ; le gouverneur n'avait d'intérêt que pour le pied mutilé. De toute évidence, ce qu'il y avait au-delà, une jambe, un torse, une personne… ne le concernait pas. Aurait-il manifesté quelque étonnement si frère Vicente lui avait apporté ce pied sur un plateau, comme une pièce de boucherie ?

Don Esteban examina la cicatrice, apprécia le talent du chirurgien, puis ce spectacle finit par le lasser et il renvoya le tout d'un geste autoritaire.

— Vous envisagez donc de faire cesser mes

souffrances en ôtant de cette façon mes orteils atteints ? demanda-t-il à frère Vicente.

Avant de répondre, le moine indiqua à Jason une porte derrière le lit. Le jeune homme s'empressa de sortir ; ses poumons oppressés cherchaient un autre air. Dans la pièce voisine, un petit cabinet de travail, la vieille servante lui tendit un paquet de vêtements. Jason y reconnut la robe claire des Dominicains. Frère Vicente avait donc tout prévu ! Tandis qu'il ôtait ses loques, la servante s'affairait dans la pièce. Jason s'apprêtait à nouer la ceinture lorsque la femme lui toucha le bras, l'obligeant à se retourner. Elle avait allumé deux chandeliers dans un recoin et le tirait vers le halo de lumière. Intrigué, il la laissa faire. En s'approchant, il découvrit un tableau… un portrait éclairé par les chandelles. D'un seul coup d'œil, il comprit : le visage de la femme représentée là était parfaitement semblable au sien. Les mêmes paupières un peu lourdes voilant des yeux noirs, les mêmes boucles brunes, le front très droit, le menton… Un sourire triste étirait les lèvres.

Frère Vicente entra. Sans s'éloigner du tableau, Jason voulut s'assurer d'une réponse qu'il connaissait déjà.

— Doña Elvira de Ribañes ?

— Oui.

Le moine ajouta à voix très basse :

— La garde de jour ne va pas tarder. Une fois qu'elle aura pris position dans le palais, ta fuite sera plus difficile.

Chaque instant était précieux. Jason se pencha vers les mains de la vieille servante, y appuya son visage comme pour graver leur empreinte sur son front, puis il décrocha le portrait et le glissa sous sa robe. Après quoi, il se planta devant frère Vicente.

— Je suis prêt.

Le moine ne releva pas le défi que contenait la voix. Il souffla les bougies et ferma sur le mur le rideau destiné à masquer le tableau.

— Personne ne vient plus ici, déclara-t-il.

Le capuchon rabattu sur le front, ils descendirent en hâte un escalier étroit, croisèrent un garde qu'ils saluèrent d'un signe de tête, franchirent plusieurs portes avant de déboucher dans la cuisine où les serviteurs attisaient déjà le feu. Ils furent bientôt dehors. Tel un automate, Jason avait adopté le pas et l'attitude de frère Vicente. Avait-il seulement remarqué qu'ils marchaient à présent dans la ville ? Le portrait qu'il serrait sous sa robe retenait toute son attention. Ce visage contre sa poitrine l'aidait à refermer une vieille fêlure ouverte deux ans auparavant.

«Tu m'entends? Je ne suis pas ta mère! criait Léonora. Je lui ai volé son enfant!»

Il venait à son tour de voler le portrait de sa mère. Sans qu'il sût pourquoi, ce geste lui procurait un immense soulagement.

Devant un portail surmonté d'une croix, frère Vicente fit tinter une clochette. Guidés par le frère portier, ils s'installèrent dans un charmant jardin fraîchement arrosé où des perles d'eau luisaient encore sur les feuilles.

— Tu es ici à l'abri. Le frère infirmier va te préparer un bain. Une seule consigne : ne pas sortir. Personne ne sait où tu es. Le soldat qui t'a conduit jusqu'à moi et qui devait te ramener à la prison part ce matin en expédition vers l'intérieur des terres. Comme tant d'autres, il cherche le pays de l'Eldorado. Il a reçu une grosse poignée de perles pour les frais du voyage.

— Pourquoi m'avez-vous sauvé?

— Tuer ce chien était juste; tu ne mérites pas de mourir pour cela.

— Mon ami le Courtois non plus.

— Nous nous occupons de lui... Je cherche un prétexte. De toute façon, il n'y aura pas de jugement ni d'exécution avant plusieurs semaines.

Jason l'écoutait avidement. Le moine hésita avant de poursuivre :

— Dieu seul sait quel jour don Esteban de Ribañes lui remettra son âme. Mais le mal progresse... Un autre gouverneur sera nommé. Cela ralentit toujours les affaires, y compris celles de la justice.

— Pourquoi le soignez-vous ?

— Il souffre et les médecins espagnols ne peuvent rien pour lui. Je connais un peu la médecine indienne. Devrais-je le laisser agoniser dans la douleur ?

— Mais il tolère que ses soldats s'attaquent aux Indiens !

— Le pape a donné l'autorisation d'une guerre juste contre ceux qui refusent la foi chrétienne.

Jason serra les poings. Des enfants dévorés, des Indiens battus à mort, des Juifs pourchassés en Espagne, la famille de Léonora assassinée... Était-ce ce qu'il appelait une guerre juste ?

— Qu'en pensez-vous ? demanda-t-il brutalement.

Frère Vicente eut un rire las.

— Comment veux-tu que les Indiens aient

envie de se convertir devant des chrétiens à la conduite aussi scandaleuse !

Jason se sentit mieux. Le moine continua :

— Je t'ai déjà dit que je n'étais pas le seul à défendre ces idées. Pas très loin d'ici, à Chiapa, au Mexique, l'évêque Las Casas* est un ancien dominicain. Il a écrit plusieurs fois au roi pour défendre la cause des Indiens.

— Et qu'a répondu votre roi ?

— Il a dicté des lois plus douces mais il a besoin d'or et ce pays en contient beaucoup.

Ils laissèrent s'installer le silence. Jason inspirait à petites goulées l'air humide du matin. Le moine se pencha vers le tableau posé contre un pilier de pierre.

— Je connaissais ce portrait. La première fois que je t'ai vu, je me suis dit que ton visage ne m'était pas inconnu. La vieille servante est la seule à avoir perçu l'extrême ressemblance entre toi et la belle dame qu'elle admirait dans le cabinet de travail.

— Elle… elle n'est plus vivante, n'est-ce pas ?

Frère Vicente secoua la tête.

* Bartolomé las Casas (1474-1566) : moine dominicain espagnol puis évêque ; ardent défenseur de la cause des Indiens. Pour plus de détails, consulter le Castor-Plus.

— Don Esteban est veuf depuis longtemps.

Il se redressa.

— Il faut que je retourne au palais. L'état du malade empire vite. Bientôt la chaleur sera étouffante. Les infusions de maté* lui apportent un mieux pendant quelques heures. Quant à son pied, tu as bien compris, j'espère, que je ne l'opérerai pas.

***

Tant que dura l'agonie de don Esteban, Jason ne quitta pas le monastère. Chaque matin, dans la fraîcheur du petit jardin, il s'asseyait en face du portrait et laissait son cœur aller et venir entre le beau visage triste et le moribond couché là-bas dans son palais. À peine retrouvé, ce père quittait le monde des vivants. Jason n'en ressentait aucune peine. La vie de don Esteban contenait tant de mort. Un jour, il apprit par frère Vicente que le Courtois n'avait pas attendu davantage pour s'échapper. À force de dire des

* Arbrisseau d'Amérique du Sud bien connu des Indiens ; le breuvage formé des feuilles infusées tonifie et facilite les mouvements respiratoires.

histoires, le conteur avait réussi à tromper la vigilance du gardien. On avait perdu sa trace.

Le jour des obsèques du gouverneur, protégé par son capuchon de moine, Jason se glissa de procession en procession jusqu'aux ruelles boueuses qui menaient vers l'extérieur de la ville. Sur les pistes de la forêt, des Indiens se relayèrent pour le conduire au village de Tanaquahil. En approchant du but, il remercia ses guides et continua seul.

Le soleil était au plus haut et l'air bourdonnait. Lorsqu'il déboucha sur la plage surchauffée, tout était silencieux. Même la *Belle-Rosamonde* somnolait, immobile sur son ancre. Il s'arrêta pour la contempler avec tendresse avant de se retourner vers le rivage. Où étaient-ils tous ? Il appela. Sous le couvert des arbres, des ombres se levèrent, d'abord indécises. Le premier à crier fut Gueule-cassée.

— Jason ! Venez vite les gars, c'est Jason ! Par les cornes du diable, mon garçon, on te croyait pendu !

L'instant d'après, ils étaient tous autour de lui. Au milieu des embrassades et des accolades, Jason cherchait le Courtois. La fête ne serait pas complète tant qu'il ne serait pas de retour.

Il le reconnut à sa voix avant de le voir :

— Jason, devine avec quelle histoire j'ai réussi à soutirer la clé à notre geôlier?

Jason eut un geste d'ignorance.

— Avec une histoire d'évasion, pardi! Celle d'Ulysse chez le Cyclope. Il en bavait, le pauvre, tant il trouvait ça palpitant. Pendant ce temps, le contrebandier lui fouillait les poches!

Et il éclata de rire, un rire immense qui gagna Jason avant d'atteindre tous les autres. Pour fêter cette joie éclatante, les villageois apportèrent du vin de palme et des galettes. Jason avait soif; il avait faim. Il avait envie de vivre. Un peu plus tard, à bord de la *Belle-Rosamonde*, Martin Roze lui tendit les bras :

— Une fois noyé, une fois pendu, mais toujours vivant! Serais-tu le fils du diable?

— J'y ai déjà songé! répondit Jason avec un sourire énigmatique.

Ce soir-là, sur le navire, on causa longtemps, de la prison, des Indiens, des Espagnols qu'on avait dévalisés...

— On a couru après un galion, raconta la Cogne. Ah! Quelle belle pagaille on a mise! Il transportait des balles de coton... Y a eu comme une déception jusqu'à ce qu'El Caquelon déniche les émeraudes qu'ils avaient cachées dessous.

— Je cherchais de quoi faire la soupe! gloussa

le cuisinier. Ils avaient aussi embarqué toutes sortes de plantes et d'épices.

Jason écoutait, la tête bruissante.

— T'as quoi dans ta besace ? demanda Gueule-cassée en désignant l'angle du tableau qui pointait sous l'étoffe.

— Elle s'appelle doña Elvira.

— Tu nous la montres ?

— Non.

Personne ne s'offusqua. L'équipage en déduisit qu'une belle dame énamourée avait pris des risques pour sauver Jason, et le Courtois arrangea aussitôt l'histoire à sa façon. Jason les laissa dire.

Chapitre 7

— Six sous par personne, les chevaux en sus ! N'y comptez pas !

Dans la cour de l'auberge, le sire de Mauriencourt négociait le prix de la nuit. L'œil rusé de l'aubergiste avait repéré la belle étoffe du vêtement et surtout le splendide cheval qu'Étienne tenait par la bride. De la riche clientèle ! Une bonne aubaine comparée aux pèlerins de passage, toujours enclins à réclamer un rabais sous prétexte qu'ils étaient les marcheurs de Dieu. Mais Gilles de Mauriencourt connaissait les prix. Après avoir refusé d'être mal logé pour si cher, il rassembla son monde et l'on quitta le grand chemin en direction d'un modeste village.

— Essayez donc l'auberge du Vaste Monde,

indiqua un passant interpellé. Vous y serez plus à l'aise.

Il est vrai que leur troupe prenait de la place : un cheval pour le sire, un autre pour la dame, une grosse jument placide pour Catherine et Guillemette. Étienne allait à pied, conduisant les deux mules. À la fin de la journée, il montait parfois en croupe derrière son maître ou remplaçait Guillemette et Catherine sur la jument lorsque l'envie les prenait de dégourdir leurs jambes. Gilles de Mauriencourt, lui aussi, descendait volontiers de son cheval. En revanche, jamais son épouse ne mettait pied à terre. Le contraire eût étonné Catherine, qui devait pourtant reconnaître combien la dame avait changé depuis leur départ de Mauriencourt. Elle qui n'osait traverser la cour du manoir sous la pluie avait finalement abandonné l'idée de voyager en voiture. Freiné par la boue ou les ornières de la route, le véhicule ralentissait l'allure tandis que les chevaux passaient partout et permettaient de doubler sans peine les groupes de piétons qui encombraient la chaussée.

— À peine huit lieues* par jour, avait promis Gilles de Mauriencourt en choisissant pour

* Unité de distance d'environ 4 km.

son épouse une selle et une monture confortables.

En réalité, plus on s'éloignait du manoir et plus la dame souriait. Il fallait, bien sûr, prévoir chaque matin de vastes capes contre le soleil ou la pluie et, le soir venu, une chambre confortable dans chaque auberge où elle requérait immédiatement les soins de Guillemette pour sa toilette. Hormis ces détails, elle supportait gaillardement les fatigues et ne rechignait pas à manger sur l'herbe, rappelant volontiers que pendant les jeunes années du roi François, la cour aimait à souper dans les jardins sous la lumière dorée des torches. Un jour de grande chaleur, à la halte de midi, Catherine la vit même dérouler son bas et tremper un pied dans la rivière, sans demander l'aide de Guillemette occupée à barboter dans la fraîcheur, sa jupe ramassée au-dessus du genou.

***

À l'enseigne du Vaste Monde, la porte était grande ouverte sur l'air tiède du soir, et l'aubergiste, une femme aux reins solides, s'épongeait le front sur le seuil. Ce qu'elle mijotait dans ses chaudrons embaumait jusque sur la place : fumet de poisson aux aromates et petits oignons frits. Une odeur irrésistible qui rappelait la cuisine de Thomassine du temps où l'on soupait chez l'oncle Louis. Catherine entra, les narines palpitantes. La salle était remplie de bateliers, de vignerons et de marchands. Il y avait aussi quelques pèlerins regroupés dans un coin. Sur le grand chemin de Saint-Jacques que l'on suivait depuis Poitiers, la petite troupe de Mauriencourt avait rencontré bon nombre de ces «jacquets* ». Certains arboraient la coquille avec ostentation, parlant longuement des précédentes étapes. D'autres mangeaient en silence, leur voyage ancré au fond des yeux. Ceux-là, Catherine ne pouvait s'empêcher de les dévisager. Ils lui rappelaient son père, et ce regard tantôt limpide, tantôt incisif qui le caractérisait. Presque chaque jour, elle pensait à lui, à la lettre qu'il avait écrite avant son départ de Nantes. À présent, il avait dû atteindre Paris ou Fontainebleau et demandé audience au roi. Catherine ne pouvait imaginer qu'il n'ait pu obtenir cette

* Nom donné aux pèlerins de Saint-Jacques de Compostelle, lieu de pèlerinage en Espagne très fréquenté depuis le Moyen Âge. Les pèlerins de Saint-Jacques ont pour emblème la coquille Saint-Jacques.

entrevue. Une rencontre avec le souverain en personne... Même le Grand Louis n'avait connu pareil honneur ! Elle sourit en pensant qu'elle-même serait bientôt présentée à la reine de Navarre, la propre sœur du roi François et qu'elle ne savait comment se comporter devant une si grande dame. L'habituelle révérence réservée aux gens distingués ne suffirait peut-être pas. Elle prendrait conseil auprès de la dame de Mauriencourt et se ferait tailler une nouvelle robe pour l'occasion. Que de perspectives excitantes s'ouvraient devant elle, tandis que Jason, dans les brumes froides de Terre-Neuve, relevait inlassablement ses lignes ! Lorsqu'ils se reverraient à l'automne, elle serait la plus bavarde, pour une fois... À moins qu'elle ne fût pas rentrée pour son retour. Cette idée l'émut un instant. Retournerait-elle jamais là-bas ? Irait-elle plutôt rejoindre ses parents à Nantes ? Elle secoua les épaules pour chasser ces incertitudes qui jetaient une ombre inutile sur la douceur du moment.

Les visages des buveurs attablés rougeoyaient dans les rayons du couchant. Catherine comprit peu à peu que le feu qui colorait leurs joues venait d'un précieux flacon où chacun aspirait au goulot une mince gorgée de liquide transparent. En entrant dans la salle, Gilles de Mauriencourt posa sa besace sur le banc et observa l'assistance.

— De l'eau-de-vie ! s'exclama-t-il. Voilà qui va nous fouetter les sangs ! Et puis du vin clair pour les dames, commanda-t-il à l'aubergiste qui s'approchait. Quant au souper, apportez ce que vous avez de mieux.

— Des seiches à l'aigre-doux, des fèves fraîches au safran, de la tourte aux asperges s'il m'en reste, annonça fièrement l'hôtesse.

Catherine se lécha les lèvres. Ces noms délicieux glissaient dans sa bouche pour attiser son appétit. Six longues heures de trajet la séparaient du dîner de midi, et c'était si bon de poser les coudes sur la table après l'épuisant balancement qu'imposait le pas du cheval. La dame était montée se rafraîchir ; Étienne s'occupait des bagages et des montures. Le sire de Mauriencourt se fit servir un petit gobelet d'eau-de-vie. Le pourpoint ouvert, les jambes étirées devant lui, il semblait tout à fait détendu mais sa main ne quittait pas la besace posée à côté de lui. Catherine savait bien ce qu'elle contenait : de l'argent probablement, bien qu'il eût aussi une bourse cousue dans son vêtement, mais surtout, enveloppé d'une triple épaisseur de cuir, le manuscrit que Jean Lebesque avait envoyé. Gilles de Mauriencourt ne s'en séparait jamais. Il veillait à ce qu'il ne prît pas l'eau, à ce que personne n'y prêtât attention.

Le soleil éclairait encore le clocher de l'église lorsqu'une servante apporta une petite friture de rivière qu'ils dégustèrent jusqu'à la dernière miette. Même la dame, enfin descendue de la chambre, montrait grand appétit. À l'arrivée d'autres voyageurs, ils se serrèrent autour de la table et l'on partagea les boissons. Les convives furent bientôt fort gais. Parmi eux, un étudiant venu de Paris se rendait à Montpellier où l'université de médecine possédait une excellente réputation. Son père, qui l'accompagnait, paraissait avoir autorité sur l'ensemble du groupe. Éminent professeur à la Sorbonne, il ne cachait ni sa réussite professionnelle ni ses opinions conservatrices. Il finit par exprimer bien haut son mépris pour « les esprits dangereux, ces partisans d'un certain Luther* qu'il faudrait brûler au plus vite ». Devant la violence des propos, Catherine baissa la tête dans

* Martin Luther (1483-1546) : moine allemand ; sa révolte contre l'Église entraîna la naissance du protestantisme. Les protestants à cette époque sont aussi appelé « réformés » ou « huguenots ».

son assiette et Gilles de Mauriencourt posa instinctivement la main sur sa besace. Le geste ne passa pas inaperçu.

— Qu'avez-vous donc dans ce sac de cuir ? s'enquit aussitôt le professeur.

— Un trésor à n'en pas douter ! répondit évasivement le gentilhomme, les bijoux de madame peut-être ? sourit-il en se tournant vers son épouse.

— Ma cassette personnelle, en effet ! renchérit la dame. Vous me permettrez de ne pas livrer ici tous les secrets d'une personne de qualité !

Les convives s'esclaffèrent. Pris de curiosité, ils pointèrent bruyamment tous les trésors qui pouvaient voyager en secret, si bien qu'un prévôt assis à la table voisine finit par s'intéresser au contenu de la besace. Gilles de Mauriencourt sentit le danger. Un livre de médecine rédigé en français, critiquant ouvertement l'université, prônant l'examen des malades plus que la lecture des livres savants et énonçant que le bon fonctionnement du corps valait bien celui de l'âme ferait l'effet d'un coup de canon s'il était découvert. Jean Lebesque risquait la prison, peut-être pire ; Gilles de Mauriencourt serait arrêté comme complice.

Il savait qu'à Paris un imprimeur* allait être jugé pour avoir publié un texte mettant en doute l'immortalité de l'âme…

Le gentilhomme garda tout son aplomb. Il commanda largement à boire et interpella l'éminent professeur sur les plus beaux succès de sa carrière. Pendant ce temps, son épouse engageait avec le prévôt une élégante conversation sur les mauvaises rencontres que l'on pouvait craindre en chemin. Elle savait si bien jouer à la grande dame, agitant ses mains potelées et tapotant ses cheveux savamment arrangés ! L'homme en était ébloui et Catherine avait l'impression d'être au spectacle. Brusquement la jeune fille comprit ce qui unissait ces deux époux si dissemblables : ils se rejoignaient toujours quand il s'agissait de sauver le savoir ou la liberté. Peut-être avaient-ils feuilleté le livre que son père leur avait confié. En tout cas, ils avaient décidé de le défendre et y réussissaient fort bien.

Le repas s'acheva gaiement. En se levant, le professeur ne tarissait pas d'éloges sur l'ex-

* Étienne Dolet (1509-1546), imprimeur de Lyon fut dénoncé à l'Inquisition et pendu puis brûlé à Paris le 3 août 1546.

cellente compagnie qu'il avait trouvée à sa table. Gilles de Mauriencourt se contenta d'un fin sourire en guise de réplique tandis que la dame conseillait aux uns et aux autres d'éviter toutes sortes de mauvaises rencontres. Sur quoi, l'on s'esclaffa encore et chacun se dirigea vers son lit. Une fois qu'elle fut couchée à côté de Guillemette, Catherine put laisser monter ses larmes. Des larmes de gratitude envers le sire de Mauriencourt, envers la dame aussi, malgré ses duretés passées.

Ils partirent à l'aube, avant le lever des autres voyageurs.

— Dans deux jours, nous franchirons les portes de Bordeaux, expliqua Gilles de Mauriencourt dès qu'ils eurent regagné le grand chemin.

— Là-bas, nous serons presque en pays huguenot, ajouta laconiquement la dame.

— Et après Bordeaux jusqu'à Nérac ? demanda Étienne.

— Encore cinq jours, un peu plus si nous prenons le temps de visiter quelques curiosités.

— Nérac, comme vous dites, ça ressemblerait un peu à notre village que j'serais bien contente ! affirma Guillemette.

Catherine souhaitait plutôt qu'il n'en fût rien.

Tant de route parcourue pour se retrouver comme chez soi, diable non ! Mais elle se souvenait combien Guillemette avait rouspété en apprenant que la dame souhaitait l'emmener avec elle.

— Même un pestiféré dans ma cuisine ne me ferait pas quitter cette maison ! répétait-elle.

Puis la cuisinière s'était mise aux bagages, demandant sans cesse des détails sur « ces pays d'au lointain » où l'on devait se rendre. Pour Catherine aussi, l'inconnu commençait aux portes de Mauriencourt. Depuis le jour de la terrible poursuite, elle n'osait plus sortir de la cour. Et voilà que, jour après jour, elle avait traversé une grande partie de la France, sentant s'éloigner derrière elle la maladie et la peur. Peu à peu l'inconnu s'était laissé apprivoiser. À présent, ils étaient arrivés à la frontière des pays de langue d'oc. Devant eux s'ouvrait le Sud et Catherine se demandait si elle allait l'aimer.

Le lendemain, ils s'arrêtèrent à Blaye, au bord d'un fleuve large comme la mer. Une forteresse contrôlait le péage des navires. Il était trop tôt en saison pour voir accoster ceux de Terre-Neuve, mais Catherine se tourna vers l'ouest, imaginant un instant la silhouette de la *Grande-Françoise* alourdie par sa cargaison de poisson blanc. Un peu plus tard, un bateau de rivière les mena, bêtes et gens, jusqu'à Bordeaux. Au port des Chartreux où ils débarquèrent, on roulait d'énormes tonneaux de vin et des plus petits contenant de l'eau-de-vie à destination des bourgeois d'Amsterdam qui raffolaient déjà du nouveau breuvage. Des jarres de miel venues des landes, des ballots de cuir s'entassaient sur les berges dallées de cailloux blancs. Cela sentait fort ; des cris fusaient en tous sens. Les coques des bateaux étaient si serrées que les mâts s'entrechoquaient. Tout à coup, un chargement de casseroles se renversa en un effroyable tintamarre. Catherine et Guillemette s'étranglèrent de rire en voyant le charretier sauter à l'eau pour récupérer son bien. Devant tant d'hilarité, l'homme, vexé, leva le poing et ses compagnons prirent sa défense. Étienne dut calmer les esprits pendant que la dame sermonnait les deux écervelées.

Ils s'installèrent dans une auberge éloignée du port. Le sire de Mauriencourt décida que sa petite troupe fatiguée avait droit à une journée de repos. Le lendemain fut donc consacré à de tranquilles promenades à travers la ville et au bord du fleuve.

— C'est ici que logeaient les ducs d'Aquitaine,

indiqua la dame en passant devant le château de l'Ombrière, une forteresse délabrée où siégeait le Parlement de Bordeaux.

— Comment savez-vous tout cela ? s'exclama Catherine.

La dame sourit.

— Il y a cent ans, l'Aquitaine appartenait encore à l'Angleterre et ma famille est anglaise.

Elle se tut, au grand désappointement de Catherine qui aurait bien voulu en apprendre un peu plus. La jeune fille réalisait chaque jour davantage que la dame de Mauriencourt ne se résumait vraiment pas à la statue élégante qu'elle avait cru connaître, figée dans son manoir au ras d'une falaise normande.

Au matin suivant, ils quittèrent la ville en longeant la rive nord de la Garonne. Des barques qui descendaient vers la mer croisaient des coches d'eau tirés par des chevaux ou des hommes aux larges épaules. Alentour, le pays étendait ses pentes douces où pointait, çà et là, un clocher entouré de maisons blanches. À La Réole, la dame décréta qu'elle voulait visiter l'imposant château fort qui dominait le fleuve à côté du monastère bénédictin : son aïeul y avait tenu garnison pour le roi d'Angleterre. Prête aux confidences, elle souriait d'un air rêveur et Catherine talonna son cheval pour se rapprocher.

— Je suis arrivée en France à l'âge de quinze ans, jeune suivante d'une princesse anglaise diaboliquement belle que votre roi Louis* épousa en dernières noces. Elle avait dix-sept ans ; lui était déjà un vieillard mais sa jeune épouse aurait réveillé un mort ! La Cour trembla, en particulier le jeune François, héritier de la Couronne. Cette passion tardive de Louis pouvait lui coûter le royaume si la nouvelle reine concevait un fils. Il n'en fut rien. L'idylle ne dura pas six mois. À la mort du roi, cette jeune beauté repartit vers l'Angleterre où l'attendait son amoureux, et François put monter sur le trône de France.

— Et vous, madame ? hasarda Catherine.

— Je suis restée. Je n'avais pas d'amoureux en Angleterre et j'étais devenue l'amie de Marguerite, la sœur de François. Elle m'a prise dans sa suite, m'a ouvert son cœur et son esprit, ses bibliothèques et ses collections d'art. Grâce à elle, j'ai appris beaucoup… Chez Marguerite, j'ai rencontré un jour Gilles de Mauriencourt, capitaine de l'armée royale revenant d'Italie.

* Louis XII, roi de France de 1498 à 1515.

Le roi François est un enfant gâté mais il sait s'entourer d'hommes courageux.

Catherine jeta un œil sur le sire de Mauriencourt qui reçut l'hommage en s'inclinant avec cérémonie.

— Pour vous servir, madame.

Ils rirent tous de bon cœur et le séjour à La Réole fut des plus plaisants. Après la visite du château, ils se rendirent dans une imprimerie installée depuis peu en ville et passèrent un excellent moment à la regarder fonctionner. Catherine en venait à souhaiter que ce voyage ne finît jamais. Pourtant, cela faisait tant de semaines qu'ils étaient partis…

Ils longèrent ensuite la Garonne jusqu'à Aiguillon. C'était là qu'ils devaient traverser le fleuve et prendre vers le sud la direction de Nérac. Le passage d'eau était fort encombré. En se dirigeant vers la berge où les voyageurs pressés d'embarquer surveillaient le va-et-vient du bac, Gilles de Mauriencourt arrêta brusquement son cheval et fit signe aux autres d'en faire autant. Ils comprirent vite : parmi les cavaliers attendant leur tour se tenaient le professeur et le prévôt rencontrés à l'auberge quelques jours plutôt. Les deux hommes paraissaient engagés dans une conversation des plus amicales.

— Je crois que nous allons nous épargner une mauvaise rencontre ! murmura la dame en tournant bride.

La petite troupe s'éloigna sans être vue et se mit en quête d'un autre bac. Un peu plus loin vers l'aval, un passeur somnolait sur la grève à côté d'une large barque à fond plat conçue pour le transport du bétail. Ils montèrent tous à bord. Assisté d'un gaillard qu'il héla juste avant le départ, l'homme poussa sur une longue perche pour s'éloigner du rivage. Un jeune garçon dégourdi qui profitait du passage les aida à amarrer les chevaux. Catherine n'était pas rassurée. Quoiqu'elle eût l'habitude de passer les fleuves, à gué ou sur un bac, celui-ci lui paraissait bien vétuste ! L'eau suintait entre les planches qui fermaient le fond. Pour calmer son inquiétude, elle préféra observer la manœuvre : les hommes utilisaient habilement leurs perches de bois et l'on était à présent au milieu du courant. La jument frémit. Elle s'approcha d'elle, lui flatta la tête pour la réconforter. C'est alors qu'elle vit le garçon occupé à ouvrir la besace que le sire de Mauriencourt avait laissée accrochée à la selle.

— Holà, vaurien ! cria-t-elle en se précipitant.

Le garçon lui tordit les poignets et plaqua sa main sur sa bouche. Elle se débattit, réussit à libérer un bras. Il portait un couteau à la ceinture. Elle n'eut pas le temps d'avoir peur. Elle était bien trop furieuse ! Elle tenta de le gifler avant qu'il pût brandir son arme. Il grondait entre ses dents des mots qu'elle ne comprenait pas. Le sire de Mauriencourt et Étienne, voulant intervenir, se levèrent en même temps. Les chevaux s'énervaient et la barque se mit à tanguer dangereusement.

— Étienne, détache-les ! cria le sire.

Au lieu de se hâter vers la rive, le passeur se plaça en travers du courant. Pour « rétablir l'équilibre », prétendit-il. Vraiment ? Quel jeu jouait-il, celui-là ? Catherine se demanda si le garçon était son fils… À coup sûr, une famille de bandits !

Le garçon n'avait pas lâché la besace et menaçait Catherine de son couteau. L'autre, le grand gaillard, sautait d'un pied sur l'autre d'un air affolé, empêchant Gilles de Mauriencourt d'approcher. Tout cela ressemblait bel et bien à un guet-apens ! S'imaginaient-ils que leurs clients allaient se laisser noyer comme des rats ? La jeune fille ne reculait pas devant la lame. Cette besace valait trop cher pour l'abandonner à un petit truand. Ne cherchant que l'argent ou les bijoux, il jetterait immédiatement le manuscrit dans le fleuve. Les écrits de Jean Lebesque voletant au vent, ses croquis détrempés par les eaux sales… Non. L'idée était insupportable. Il avait saisi une bourse et détournait le regard pour en vérifier le contenu. Elle eut le temps d'attraper la grosse enveloppe de cuir. Le garçon revint aussitôt vers elle pour lui arracher le paquet qu'elle serrait dans ses bras.

— Essaie donc, sale vermine ! hurla-t-elle en se ramassant en boule pour se protéger des coups.

— Catherine, pour l'amour du ciel, cesse de bouger ! cria la dame, cramponnée à son banc.

Trop tard ! La barque bascula. Étienne avait eu le temps de libérer les chevaux qui se mirent à nager vigoureusement vers la rive. Catherine s'accrocha à l'un d'eux et réussit à poser le livre sur l'encolure, à l'abri de l'eau. Il suffisait de se laisser tirer. Dans quelques instants, elle serait au sec. Le livre aussi.

— Au secours ! Je vais couler ! cria Guillemette.

Catherine se retourna. Fallait-il laisser tomber le précieux paquet pour aider Guillemette? Gilles de Mauriencourt soutenait sa femme.

— Lâche les mules ! cria-t-il à Étienne. Occupe-toi de Guillemette. Catherine, ne bouge pas !

Accrochés à leur bateau, les trois marauds regardaient s'éloigner leurs victimes.

Sur la rive opposée, un attroupement attendait les naufragés. Les uns tendaient des perches, d'autres s'avançaient, prêts à attraper les chevaux ; un homme se lança à la nage pour ramener les mules affolées qui tournaient en rond dans le courant.

En sortant de l'eau, Catherine saisit immédiatement le paquet de cuir. Une femme lui tendit un grand fichu de laine.

— Si on m'avait dit qu'il fallait savoir nager pour circuler dans ces pays-là, maugréa Guillemette derrière elle, j'aurais pas quitté ma cuisine… ni mes pestiférés !

La jeune fille faillit éclater de rire. Elle n'en eut pas le temps. Parce qu'une autre voix à côté d'elle disait ceci :

— Catherine Lebesque, je crois savoir ce que tu tiens serré contre toi. Pourtant l'auteur ne t'a jamais demandé de risquer ta vie pour sauver son ouvrage.

Catherine voulut ouvrir les bras mais il y avait le manuscrit. Alors elle tendit le manuscrit. La voix était celle de Jean Lebesque. Et lui posa le livre à ses pieds pour prendre sa fille dans ses bras.

***

Quelques heures plus tard, Catherine était attablée entre son père et sa mère dans une auberge nommée «Aux portes de Navarre». L'hôtelier, ayant appris qu'ils se rendaient à Nérac chez la reine, avait soigné son accueil et mis à leur disposition une salle à l'écart où ils purent ouvrir le livre en toute tranquillité. La protection de cuir ayant résisté à l'eau, Catherine découvrit intacts les croquis d'anatomie, les longues listes de remèdes et les descriptions d'opérations délicates.

— La reine Marguerite, dont l'esprit est ouvert à tous les novateurs, sera extrêmement intéressée par cet ouvrage, décréta la dame de Mauriencourt en ôtant ses bésicles.

— À ce propos, madame, dit Jean Lebesque, le roi François, après m'avoir accordé sa grâce dans l'affaire qui me tourmentait, m'a fait savoir qu'il s'en remettait au bon jugement de sa sœur, laquelle lui disait le plus grand bien de moi et le priait de m'envoyer auprès d'elle en toute diligence. Dois-je voir dans cet appui précieux une intervention de votre part ? Si oui, comme je le suppose, je vous prie d'accepter ici mon infinie gratitude.

Catherine regarda la dame. Celle-ci se contenta d'une petite moue accompagnée de quelques mots :

— Gardez votre reconnaissance pour la reine de Navarre.

Puis elle se tourna vers Léonora.

— Léonora Lebesque, me ferez-vous le plaisir de mettre vos talents au service de nos personnes et de nous confectionner quelques tenues correctes pour notre première entrevue avec la reine Marguerite ? Je me souviens avec ravissement du temps où j'étais, grâce à vous, la femme la plus élégante de Normandie.

Léonora, les larmes aux yeux, hocha la tête. Catherine se blottit contre sa mère. Si elle avait osé, elle les aurait tous embrassés.

Chapitre 8

— Léonora, vous devriez échancrer davantage ce corsage.

Catherine perçut le froid contact des ciseaux contre sa peau en même temps que le très léger crissement de l'étoffe entamée par la lame de métal. Léonora recula d'un pas pour apprécier l'effet produit.

— Encore un peu plus, dit la dame, cette petite a l'air engoncée dans l'étoffe !

Assise dans un fauteuil, le dos à la fenêtre, elle présidait aux séances d'essayage avec un bonheur évident. Sur le lit se mêlaient de la soie vert pâle, du taffetas jaune de Florence et un très beau velours rouge sombre dont l'éclat animait l'austérité de la pièce. Arguant de nombreuses activités de couture qui nécessitaient de la place et du temps, la dame avait chassé les hommes de la maison pour l'après-midi. Jean Lebesque et Gilles de Mauriencourt étaient partis visiter l'hôpital de la ville, et les trois femmes avaient pris possession de la salle, au premier étage.

Le rouge était pour la dame, qui fut la première à essayer sa robe.

— Sobre et raffiné, murmura-t-elle en se contemplant dans le miroir que lui tendait Léonora. Nous nous garderons bien de rivaliser ici avec la cour du roi… Marguerite s'habille le plus souvent de noir et vit avec simplicité, entourée de quelques amis. Le bon goût sera donc d'éviter toute extravagance.

Léonora approuva, ce qui fit sourire Catherine : sa mère était incapable d'excentricité, en matière de vêtements comme dans n'importe quel autre domaine. En revanche, elle avait un sens inné de l'élégance.

Une fois les retouches achevées et la robe ôtée, la dame s'assit. Comme il faisait chaud, elle resta en chemise et en jupon. Jamais Catherine ne l'avait vue si peu vêtue et cette tenue négligée ne la déparait pas. Rosamonde de Mauriencourt demeurait superbe en toute occasion.

Puis ce fut au tour de Catherine, qui enfila avec précaution la belle robe de soie verte. Le tissu, comme nacré, scintillait délicatement. On eût dit une source cristalline dans la pénombre d'un bois. La jeune fille eut aussitôt l'impression d'être une autre et releva instinctivement ses cheveux pour dégager sa nuque.

— Léonora, je vous assure, agrandissez ce décolleté. Votre fille a des épaules ravissantes. Ne privez pas les gentilshommes gascons d'un si joli spectacle !

Léonora hésita. Un pli buté barrait son front. Catherine serra les lèvres. Insister serait peine perdue. Elle avait renoncé depuis longtemps à lutter contre l'obstination de sa mère.

La dame reprit d'une voix ferme :

— Nous sommes ici dans une cour royale ; Catherine peut bien se permettre une petite coquetterie qui aurait été mal vue au village.

Léonora soupira et les ciseaux obéissants entamèrent le tissu d'un quart de pouce supplémentaire. À travers le miroir, Catherine remercia la dame d'un battement de paupières. En réalité, après le bonheur des retrouvailles, la présence continuelle de sa mère lui pesait. Elle se sentait surveillée. Depuis plus d'un an qu'elle avait quitté ses parents, jamais elle n'avait eu ce sentiment oppressant avec la dame, encore moins avec le sire qui laissait chacun vivre à sa guise à condition que le travail fût fait.

Les deux femmes parlaient maintenant de rubans et de galons perlés. En bas, on entendait couler la rivière... Catherine demanda la permission de sortir.

Elle chantonnait dans l'escalier en laçant à la hâte son corsage. Dehors, le soleil cognait sur les cailloux de la berge. Elle plissa les yeux et se retourna pour contempler la maison où ils logeaient : une maison toute en hauteur située en aval du château. Le sire de Mauriencourt l'avait retenue par avance auprès d'un notaire qui les avait reçus le jour de leur arrivée. Depuis que Marguerite de Navarre séjournait régulièrement à Nérac, les habitants avaient pris l'habitude de louer une pièce ou même un logis aux visiteurs car le château ne pouvait contenir tous les hôtes de passage. La maison, petite mais claire, était bâtie à quelques pas de la rivière. Des fenêtres, on voyait passer les barques qui descendaient vers Bordeaux. En ce début d'été, le trafic se raréfiait, le niveau de l'eau devenant trop bas pour de lourdes charges. Catherine longea le quai à contre-courant. La chaleur accentuait les effluves nauséabonds qui montaient des tanneries. Refusant de se boucher le nez afin de ne pas paraître fière, elle dut contourner des bacs où les peaux trempaient dans d'effroyables mixtures. Elle pressa le pas devant la dernière échoppe dont l'apprenti, armé de ses battoirs et racloirs, prenait plaisir à lui barrer le passage, baratinant des propos certainement très engageants auxquels elle ne comprenait rien. Les gens d'ici parlaient la langue d'oc et aucune autre s'ils n'avaient pas fréquenté l'école. En revanche, les commerçants de la ville, habitués à servir la reine Marguerite et ses nombreux hôtes, s'exprimaient aussi en français.

Cela faisait quelques semaines qu'ils étaient installés à Nérac et Catherine avait exploré toutes les ruelles, visité l'église Saint-Michel et trouvé les plus jolis chemins pour longer la Baïse. Ainsi s'appelait la rivière qui coulait devant le château avant de s'en aller rejoindre la Garonne, plus loin vers l'ouest. Ayant dépassé les tanneries et leurs pestilences, la jeune fille prit le temps d'écouter l'eau. Les rivières ne racontaient pas du tout les mêmes histoires que la mer. La Baïse, qui mouillait à l'instant le bout de ses chaussures, avait traversé un pays aux courbes plantureuses qui donnait de la vigne et des fruits... La mer était plus dangereuse, plus fascinante aussi, mais elle appartenait à Jason... Malgré son immensité, il n'y avait pas de place pour deux. Catherine le savait bien. Désormais, peut-être aimerait-elle davantage les rivières.

Elle reprit son chemin et ralentit lorsqu'elle fut à hauteur du château. La muraille était percée d'une poterne. Catherine imagina derrière la porte l'escalier qui montait vers la cour et les logis aux belles façades. L'enceinte extérieure, armée de grosses tours, se voulait impressionnante. Seules, les fenêtres ouvragées laissaient deviner de vastes salles bien éclairées. La main devant les yeux, elle cherchait à entrevoir une silhouette, le mouvement d'un rideau... Rien! La reine était absente pour quelques jours et tout semblait mort. En quête de fraîcheur, elle poursuivit vers l'allée de grands ormes qui longeait la rive. L'ombre de la ramure lui parut délicieuse. C'était la première fois qu'elle s'aventurait si loin. De l'autre côté de l'eau, les murailles se prolongeaient par un paisible jardin avec des allées sablées, des bosquets et des parterres fleuris. Elle s'arrêta.

Il y avait quelqu'un. Un jeune homme assis – la tête au soleil ! – absorbé par une quelconque étude. Il levait les yeux puis les baissait à nouveau vers un carnet qu'il tenait sur ses genoux. Elle essaya de deviner où allait son regard : plus loin, vers les promenades de la reine que les gens d'ici nommaient la Garenne, où l'on apercevait d'anciens cabinets de verdure envahis par le lierre.

Assis en pleine lumière, il ne la voyait pas, dans son trou d'ombre. Elle en profita pour descendre sans bruit, ne résistant pas à l'envie de frotter ses pieds nus dans la menthe humide. Comme c'était bon, cette fraîcheur qui vous enveloppait les chevilles ! Elle en écrasa une poignée sur son cou, clapota longuement puis emprunta sur la pointe des pieds un minuscule sentier dessiné au ras de l'eau. De temps à autre, elle jetait un bref regard de l'autre côté. Le jeune homme tenait à présent un bouquet de feuilles argentées qu'il observait avant d'en retracer les formes sur son carnet. Un petit rire involontaire échappa à Catherine. Cette plante ressemblait à « l'herbe à cochons » comme on disait là-bas au village. Quelle idée de dessiner pareille banalité quand on se prélasse dans le jardin d'une reine ! Il s'était levé et s'approchait du bord. L'avait-il entendue ?

Elle salua d'un simple mouvement de tête et gravit la pente le plus dignement possible. Heureusement qu'elle avait appris à marcher nu-pieds sur les chemins de la falaise quand elle était petite !

Une fois en haut, elle se retourna. Sans se soucier d'elle, il avait repris son travail. Peut-être apprenait-il à dessiner. Son maître lui avait conseillé de commencer par des choses simples… Qui était-il ? Catherine songea que la reine Marguerite n'avait qu'une fille, retenue à la cour de France. Ce jeune homme n'appartenait donc pas à la suite de la princesse… Était-il rentré au jardin par effraction, la surveillance des gardiens s'étant relâchée pendant l'absence de leur maîtresse ?

Au moment où elle se décidait à s'en aller, il s'avança vers la rive.

— Mademoiselle, savez-vous que vous êtes chez la reine ?

De quoi se mêlait-il ?

— Vous aussi, il me semble !

Il rit.

— C'est que j'y suis invité.

— Et moi non ?

— Voudriez-vous que j'intercède en votre faveur ?

Voilà qui était vraiment désagréable !

— Pas du tout ! J'aurai en temps voulu mes entrées particulières !

Aussitôt, elle se pinça les lèvres, tant sa réponse lui sembla plate. Si elle avait accepté son offre, il lui aurait indiqué un moyen d'entrer au jardin et elle aurait pu lui en apprendre sur cette herbe à cochons qui avait l'air de tant lui plaire.

Penaude, elle s'éloigna sans se retourner. Elle était encore de méchante humeur lorsqu'elle rentra à la maison. Dans le réduit qui servait de cuisine, Guillemette nettoyait de beaux poissons brillants qu'elle posait ensuite sur des feuilles d'oseille fraîche.

— Je t'ai attendue pour m'aider à plier le linge ! reprocha la cuisinière.

— Guillemette ! supplia Catherine, ce n'est pas le moment de me chercher des noises. Je viens de me comporter comme la plus sotte des gamines !

La cuisinière leva un sourcil, invitant la jeune fille à lui livrer son tracas.

— Eh bien, conclut-elle après avoir écouté jusqu'au bout, voilà un petit jeune homme qui joue son coq de basse-cour ! Laisse donc, ma princesse ! Dans deux ou trois jours, tu verras tous ces beaux gentilshommes autour de toi. La reine arrive demain, à ce qu'on dit dans les boutiques. Le poissonnier en est tout retourné ; faut qu'il livre de la marchandise dès l'aube.

***

Le lendemain après dîner, le blason de Navarre flottait en haut de la grosse tour. La reine affirmait ainsi sa présence et une subite effervescence courait par la ville.

« Le jeune dessinateur ne pourra plus rentrer au jardin sans autorisation », se dit Catherine en découvrant la garde renforcée devant les portes.

Elle ne savait pas si elle en était triste ou soulagée.

Deux jours plus tard, le sire et la dame de Mauriencourt furent conviés à se présenter au château, accompagnés de leurs amis.

Lorsqu'elles sortirent de la chambre où elles s'étaient parées, les trois femmes firent grande impression et l'on applaudit le talent de Léonora. De leur côté, les hommes portaient des costumes neufs confectionnés par un excellent tailleur de la ville. Jean Lebesque avait choisi un beau drap presque noir qui lui donnait l'air d'un huguenot tandis que Gilles de Mauriencourt portait un pourpoint bleu nuit en parfaite harmonie avec le velours rouge qu'arborait son épouse.

Le sire commanda une voiture pour transporter ces dames ; eux-mêmes les accompagneraient à cheval.

Plus le moment approchait, plus Catherine avait la gorge serrée. Dans la cour du château, elle passa devant les façades sans les voir, trop occupée à tenir les pans de sa robe, à marcher droit, à vérifier sa coiffure.

— Catherine ! gronda la dame, pour l'amour du ciel, oublie que tu portes cette robe ! Tu ressembles à une vieille, toute raidie par les douleurs.

— Respire tranquillement et laisse tomber tes épaules, murmura son père derrière elle à l'instant où ils franchissaient la porte.

À partir là, tout lui parut très simple. La reine de Navarre était assise dans un fauteuil, devant une tapisserie rouge semée de marguerites. Toute vêtue de noir, en effet, elle tendit joyeusement les mains dès qu'elle reconnut Rosamonde de Mauriencourt. Une peau blanche, des yeux clairs presque délavés par les chagrins. Malgré la fatigue qui marquait ses traits, son visage s'égayait facilement. Après maintes effusions et embrassades, la dame de Mauriencourt salua diverses connaissances puis elle présenta ses compagnons. En premier, son époux, qui s'inclina avec beaucoup d'aisance.

— Ainsi, monsieur, c'est à vous que je dois d'être privée d'une de mes plus anciennes amies !

La reine adoucit le reproche par un regard pétillant avant d'ajouter :

— Sachez cependant que vous êtes le bienvenu chez moi aussi longtemps qu'il vous plaira.

Puis vint le tour de Jean Lebesque, à qui la reine offrit un beau sourire de bienvenue.

— Voici donc celui que la médecine emporte et qui doit demander la grâce royale afin d'échapper aux foudres du Parlement !

— J'ai cru comprendre, madame, que je devais la grâce de Sa Majesté à quelques bons conseils soufflés par vous-même. Le roi vous a écoutée ; il m'a lavé de tout soupçon. Je viens vous exprimer ici ma profonde reconnaissance.

Elle lui fit promettre en retour de lui montrer au plus vite ses écrits.

Léonora et Catherine se présentèrent ensemble. Catherine ne sut pas si la reine les avait vraiment regardées. Au moment où elle reculait, plutôt satisfaite de sa révérence, elle aperçut dans un groupe en retrait le jeune homme entrevu au jardin. Au milieu des autres hommes, il paraissait moins jeune. Lequel d'entre eux était son professeur?

Il s'avança pour la saluer et elle lui rendit son salut malgré le rouge qui lui descendait du front jusqu'à l'échancrure du corsage. Une fois dans la cour, elle se sentit mieux et s'assit sur un banc en face de la jolie galerie aux colonnes torsadées.

Les jours suivants, la dame se rendit plusieurs fois chez la reine afin de renouer les liens de l'amitié. Catherine se sentait inutile et tournait en rond dans la petite maison. Elle regrettait les journées passées à cheval où chaque matin était une promesse de nouveauté. Sa mère, qui remettait au propre les habits de la maisonnée, lui demanda de l'aide; elle ne put refuser. Elle cousait en silence, écoutant l'eau de la rivière raconter son voyage vers le grand océan. Dans quelques semaines, avant le début de l'hiver, ses parents remonteraient vers Nantes, et elle partirait avec eux, à moins que la dame ne voulût la reprendre au manoir. Mais le village désormais lui faisait horreur et l'arrivée imminente des bateaux de Terre-Neuve ne suffisait pas à raviver son désir d'y retourner. Où aller dans ce cas? Y avait-il devant elle une terre promise qui se dérobait encore à ses yeux? À force d'envisager l'avenir sous toutes ces faces, elle en venait à se piquer les doigts et lâchait son ouvrage. Sa mère se plaignait de la voir si nerveuse.

Convié à son tour au château, Jean Lebesque revint, le visage rayonnant, annonçant que la reine lui prêtait son concours pour publier son manuscrit. Un imprimeur du royaume de Navarre en qui elle avait toute confiance s'en chargerait. Il en profita pour informer Catherine que la bibliothèque du château était ouverte à qui le souhaitait.

— Nous irons demain, décréta-t-il, je suis sûr que cela te fera du bien et je voudrais pour ma part étudier certains ouvrages de médecine. La reine m'a laissé entendre que des livres arrivaient sans cesse, envoyés secrètement par ses amis huguenots ou par d'autres admirateurs.

— À moins d'être importun, je viendrai également, intervint Gilles de Mauriencourt. Je suis curieux de découvrir les lectures de la dame la plus lettrée de France.

Les deux hommes se sourirent. Depuis que Jean Lebesque avait appris comment le gentilhomme avait pris soin de son frère et de sa fille, il ne lui cachait pas sa très grande estime.

« Il manque l'oncle Louis », se dit Catherine en les regardant tour à tour et elle pensa qu'elle avait beaucoup de chance d'être si bien entourée.

***

La bibliothèque était aménagée comme une salle d'étude. Des pupitres rangés sous les fenêtres invitaient le lecteur à s'asseoir après avoir choisi un ouvrage. Sur l'un d'eux, quelqu'un avait oublié un manuscrit. Catherine se pencha et sourit. C'était un carnet de croquis. Elle ne put retenir sa main qui s'avançait déjà pour le feuilleter. Elle découvrit d'abord une fontaine, une statue, une rotonde masquée de verdure, puis une autre fontaine, plus gracieuse, où s'enroulait le corps d'une femme nue. C'était beau. Parfois quelques notes étaient griffonnées en haut. Fébrile, elle poursuivit. Où diable avait-il caché cette plante qu'il dessinait l'autre jour ?

À l'autre extrémité de la pièce, Jean Lebesque s'était déjà installé devant un gros ouvrage tandis que Gilles de Mauriencourt poussait en connaisseur des exclamations admiratives.

— Tite-Live, Boccace, Ovide… Viens voir,

Catherine. Peut-être relirais-tu avec plaisir l'histoire de la Toison d'or ?

Catherine ne répondit pas. Ce qu'elle venait de trouver l'émouvait bien davantage : un dessin très fin représentant une tige chargée de feuilles argentées, plus ou moins brillantes selon la lumière. Aucune note. La mine de plomb posée sur le pupitre lui fit l'effet d'une invitation. Elle s'assit et écrivit :

« Argentille » – entre temps elle avait demandé des précisions à Jean qui connaissait les noms et les vertus des plantes, même les plus humbles – « nommée également « herbe aux oies » ou « herbe à cochons ». Sa racine est excellente pour les gencives. »

Elle faillit s'en tenir là et se sentit rougir avant d'ajouter une phrase de son cru :

« Cueillie fraîche au bord des rivières, l'argentille est considérée comme un porte-bonheur. »

— Catherine !

Elle referma le carnet en prenant soin de laisser la mine à l'intérieur. Debout sur un escabeau, le sire de Mauriencourt empilait des livres sur son bras. Elle s'approcha.

— J'ai trouvé la poésie de Des Périers que

je n'ai pas encore lue… et voici pour toi celle de Clément Marot. Regarde si cela te plaît.

Catherine saisit le livre qu'il lui tendait et sortit dans la cour en caressant distraitement le beau cuir de la couverture. N'osant s'avancer jusqu'à la porte du jardin, elle s'arrêta sur le banc face à la galerie et ne réussit pas à lire. Peu après, elle rapporta le livre et s'enfuit vers la rivière. Là-bas, il y avait des argentilles ; elle se sentit mieux.

***

Le lendemain, le sire de Mauriencourt prit un air volontiers conspirateur pour lui annoncer qu'un artiste armé d'une mine à plomb et d'un carnet demandait à être reçu. Catherine le regarda d'un air affolé, courut vers l'escalier, revint sur ses pas pour lisser ses cheveux dans le miroir de la salle. Guillemette, qui montait avec un seau d'eau chaude pour la toilette de la dame, crut bon de la rassurer :

— T'en fais pas ! T'es belle comme une princesse. J'trouve même que…

Catherine rouspéta bien fort afin de ne pas entendre la suite et se jeta dans l'escalier.

En bas, il se tenait face à la porte, son carnet grand ouvert, et il dessinait.

— Ne bougez pas ! Je n'ai plus qu'à vous placer dans ce joli cadre.

Elle se rendit compte qu'il parlait avec un accent étranger.

Tout en crayonnant, il se présenta :

— Fabrizio Mattioli, de l'université de Padoue, botaniste, architecte, maître jardinier et portraitiste, peut-être, à partir d'aujourd'hui.

Elle rougit. Elle en avait assez de rougir chaque fois qu'il la regardait. Un regard particulier cette fois, qui guidait sa main pour la fixer, elle, Catherine, sur la feuille de papier. Et ensuite ? Il l'emporterait avec lui… L'idée la fit frissonner.

Il ferma le carnet d'un geste vif. Elle ne put s'empêcher de demander :

— Pourrais-je voir ?

Il tendit le tout. La couverture portait en effet le blason de l'université de Padoue et ses paroles résonnèrent enfin dans la tête de Catherine : botaniste, jardinier et je ne sais quoi. Pas du tout un étudiant apprenant à dessiner… Quel geste effronté, alors, d'aller écrire dans ce carnet de travail !

Ce fut lui qui aborda le sujet :

— Je vous remercie pour le nom de cette plante. Je ne savais pas qu'elle représentait aussi le bonheur. Je voudrais en tapisser les bords d'une fontaine que je dois aménager dans les jardins de la reine.

Catherine trouva l'idée saugrenue mais n'osa commenter.

— L'argentille n'existe pas en Italie, j'en suis certain. Nos maîtres à Padoue ont entrepris de recenser et de collectionner toutes les espèces que nous offre la nature. C'est une entreprise colossale.

L'admiration pour cette grande œuvre perçait dans sa voix. Catherine résolut d'être simple.

— Vous avez dit Padoue?

— Oui. Près de Venise. Venise, vous connaissez, n'est-ce pas?

Pour qui la prenait-il? Oncle Louis était allé à Venise dans son jeune temps. Il en avait rapporté quelques verres ornés dont l'éblouissante finesse semblait attirer la lumière. Cet homme habitait donc un pays où naissaient de très belles choses. Il s'approcha d'elle. Elle ne savait quelle contenance adopter, que faire de ses mains, où poser le regard. Il était brun, avec des yeux moins sombres que ceux de Jason, des yeux qui laissaient entrer le ciel. Sous les cheveux bouclés commençait la blancheur de la chemise, et Catherine sourit intérieurement en remarquant la finesse des broderies qui bordaient le col.

Il ne resta pas longtemps. Avant de partir, il lui prit le bout des doigts. Elle eut juste le temps d'entrevoir ses mains, brunies à force de dessiner au soleil. Il ne se retourna pas sur le chemin qui longeait la rivière ; elle en était certaine car elle le suivit des yeux depuis la petite terrasse en haut de la tourelle d'escalier.

Elle attendit plusieurs jours, qu'elle mit à profit pour rêver beaucoup et pour réajuster à sa taille une robe claire achetée chez le fripier. Légère et moins cérémonieuse que la belle tenue de Cour, elle s'y sentait plus à l'aise. Lorsque celle-ci fut achevée, elle noua des rubans en torsade dans ses cheveux et se rendit au château, en faisant un large détour par les sentiers entrelacés qu'elle connaissait. En chemin, elle cueillit toutes les plantes fleuries qu'elle jugea dignes d'une reine vivant avec simplicité, entourée de ses livres et de ses amis.

Fabrizio était au jardin, le front soucieux, cherchant le meilleur emplacement pour la fontaine. Il avait étalé à ses pieds de larges feuilles de papier chargées de lignes géométriques.

— Je me demandais quand vous alliez venir, dit-il avec un visage plus détendu. J'ai vu votre père à la bibliothèque avec votre mère. Il a découvert d'anciens livres espagnols et souhaiterait en avoir la traduction.

Catherine s'étonna. Léonora n'avait pas prononcé un mot d'espagnol depuis dix-sept ans qu'elle était en France.

Elle posa près de lui son présent de couleurs et de parfums mêlés. Au milieu des marguerites pointaient la valériane rouge, la campanule et le romarin ainsi que des fleurs plus discrètes qu'elle avait dépouillées de leur feuillage afin de les mettre en valeur.

— Vous les connaissez toutes par leur nom ? demanda-t-il.

Elle hocha la tête.

— Qui vous a appris ?

— Mon père et les vieilles gens du village. Il y avait aussi des livres d'apothicaire chez l'oncle Louis.

Il contempla le bouquet puis sourit en remarquant sa jolie silhouette dans la robe fraîche. Laissant là ses dessins et ses instruments de mesure, il l'entraîna vers le banc au bord de la rivière.

— Racontez-moi.

D'abord, elle chercha ses mots ; c'était difficile de parler du village. La première image qui vint fut celle du grand arbre en haut de la falaise, puis l'odeur des bateaux qui revenaient du large, la naissance de la *Belle-Rosamonde*. De temps en temps, il touchait les rubans dans ses cheveux, l'étoffe légère de sa robe. Alors, elle se taisait parce que son cœur battait vite et qu'elle ne voulait pas rougir. Elle parla aussi de Jason, de l'oncle Louis qui était mort et de la méchanceté que la peste avait réveillée. Il posait des questions étonnantes, comme celle-ci :

— Sais-tu d'où te vient cette lumière ? De la mer et du vent qui t'ont si bien accompagnée ?

Il l'avait tutoyé, et elle se tut à nouveau pour savourer le pincement délicieux à l'intérieur d'elle. Puis ce fut à son tour à lui d'évoquer Venise et Padoue, le bonheur d'apprendre, l'intense plaisir de voir la mine de plomb obéir si fidèlement à ce que dictaient ses yeux. Catherine avait remarqué la fine broderie qui marquait les poignets de la chemise et l'effleurait du doigt tandis qu'il parlait. Le soleil avait beaucoup baissé lorsqu'il se leva pour rassembler les fleurs et les croquis. Ils rentrèrent lentement. Sur le seuil de la bibliothèque, Catherine s'arrêta, interdite : sa mère affaissée sur un pupitre, sanglotait, la tête entre les mains. Jean, penché au-dessus d'elle, lui enveloppait les épaules de ses bras.

Elle voulut s'élancer mais Fabrizio la retint par le poignet.

— Laisse ton père la consoler, chuchota-t-il.

Jean murmurait à Léonora des mots qu'ils ne pouvaient entendre ; elle se calmait peu à peu pour s'effondrer à nouveau. Catherine était bouleversée ; elle n'avait jamais vu pleurer sa mère. Fabrizio lui tenait toujours le poignet, et elle n'osait bouger par crainte de le sentir se détacher. En même temps que la peine de Léonora, elle ressentait comme un baiser ce contact léger avec la peau de Fabrizio. Au bout d'un long moment, elle osa se dire que cette pression douce lui importait plus que tout le reste.

Un attroupement se forma à la porte du fond. La reine Marguerite entra et arrêta d'un geste apaisant Léonora qui tentait de se lever.

— Léonora, votre mari m'a fait part tout à l'heure de sa découverte. J'apprends donc en même temps que vous que les murs de ce château abritent des ouvrages ayant appartenu à votre père. Je sais l'atroce destin réservé à votre famille et à bien d'autres familles juives en Espagne ; j'ai déjà, en maintes occasions, incité le roi Charles à plus de clémence. Hélas ! l'Espagne est bien trop soucieuse de sa toute-puissance… Depuis des années, j'œuvre pour que mon royaume de Navarre soit un foyer de tolérance, pour que les religions puissent s'y côtoyer en bonne intelligence. C'est sans doute pour cette raison que tant de livres arrivent jusqu'à moi, y compris ceux qui ont échappé aux flammes des autodafés. Léonora, reprit-elle d'une voix plus douce encore, je sais bien que certaines souffrances ne peuvent être effacées mais je tiens à vous dire dès à présent que ces livres vous reviennent de droit.

Léonora inclina la tête :

— Permettez-moi de vous remercier plus tard.

En sortant, la reine Marguerite s'arrêta devant Fabrizio.

— Ce bouquet que vous portez est un hommage à l'été finissant.

Fabrizio leva la main de Catherine qu'il tenait toujours.

— Cette main délicate en est l'auteur et nous

serions heureux de vous l'offrir, dit-il en tendant le bouquet à la reine.

***

Ils rentrèrent tard ce soir-là. La reine, qui les retint à souper, proposa même une voiture pour raccompagner Léonora. Mais celle-ci refusa. À pas lents sur les quais, elle s'appuyait sur le bras de Jean. Catherine marchait à côté d'eux, palpant son poignet entre ses doigts. Au niveau des tanneries, le sire de Mauriencourt vint à leur rencontre, visiblement ému :

— La *Belle-Rosamonde* est à Bordeaux. Un batelier qui remontait s'est arrêté ici par hasard. Il a remarqué le bateau au port des Chartreux. Tout le monde en parle là-bas à cause de son pilote, Martin Roze. Il paraît que celui-ci s'est fait enfermer pour avoir chanté des psaumes huguenots en sortant d'une taverne.

***

Longtemps, ils débattirent de la conduite à tenir. Gilles de Mauriencourt était décidé à partir au plus vite :

— Depuis la mort de Louis Lebesque, c'est moi qui suis responsable de ce navire. Je ne sais ce que deviennent l'équipage et la cargaison sans la poigne solide de Martin Roze. Une fois de plus, nous aurons besoin du soutien de la reine pour le sortir de prison.

Léonora ayant déclaré qu'elle souhaitait rester seule à redécouvrir l'héritage que le ciel lui envoyait, Jean Lebesque proposa au gentilhomme de l'accompagner et Catherine supplia d'être du voyage, ce qui lui fut accordé.

La dernière pensée de Catherine avant de s'endormir fut pour Fabrizio.

— Je voudrais qu'il voie le bateau de l'oncle Louis ! murmura-t-elle.

Chapitre 9

Catherine cherchait à la reconnaître entre les mâts des navires tassés le long de la rive et ce fut l'oiseau qui attira son attention. Un oiseau d'un rouge somptueux, évoquant à lui seul ces pays lointains qui fascinaient les navigateurs du vieux monde. Il était perché sur les enfléchures* du grand mât et émettait des jacassements stridents. Alors, seulement, elle distingua la ligne ronde de la coque, les voiles bien roulées sur les vergues et la hune que le charpentier avait coquettement ouvragée. La *Belle-Rosamonde* était là. Catherine en avait les

* Échelle de cordage permettant de monter dans la mâture.

larmes aux yeux. Depuis qu'elles s'étaient quittées un matin de mars, la *Belle-Rosamonde* avait traversé l'océan et batifolé dans les mers chaudes... La grosse aventure dès le premier départ ! Pendant le trajet de Nérac à Bordeaux, le sire de Mauriencourt leur avait révélé le secret de l'oncle Louis : armer un bateau en course et l'envoyer fureter là d'où venait l'or, comme il l'avait fait lui-même dans ses jeunes années vers le golfe de Guinée et les îles aux épices.

— Personne ne l'a su ! murmura Catherine, éberluée. Même quand il était malade, il n'a rien dit.

— À ce moment-là, il avait d'autres préoccupations, répondit gravement Jean. Se préparer à mourir, ça vous prend l'âme tout entière.

Catherine se souvenait de la dernière entrevue avec le Grand Louis. Elle n'avait pas dit qu'elle était montée le voir dans la petite chambre le jour de sa mort... À présent, il ne restait de lui que son bateau, amarré au milieu des navires marchands. Et ce n'était pas du poisson qu'elle portait dans ses flancs, la *Belle-Rosamonde*. Mais alors quoi donc ? Le sire de Mauriencourt, qui ne cachait pas son impatience, était déjà monté à bord.

— Catherine !

Elle se haussa pour percevoir d'où venait la voix. Sur le pont, Fabrizio dessinait l'oiseau rouge ; à sa façon de s'appuyer contre la lisse*, elle sut qu'il était déjà monté sur un bateau.

Elle s'approcha.

— Tu… vous m'avez appelée ?

Il secoua la tête avec un petit rire moqueur parce qu'elle le vouvoyait encore.

— Vous n'avez jamais prononcé mon prénom, n'est-ce pas ?

— Non.

— Pouvez-vous le faire maintenant ? demanda-t-elle en se penchant vers lui.

Il la prit contre lui, les deux mains sur ses épaules :

— Catherine.

Sa manière de le dire s'inscrivit en elle, différente des autres. Une « Catherine » bien à lui, rien que pour lui. Après avoir posé un instant son visage contre le sien, elle s'écarta.

— Catherine !

Qui donc l'appelait ainsi ? Elle passa la main sur son front. Dans le brouhaha du port, cette

* Forte poutre horizontale servant d'appui le long de la coque.

voix ne lui était pas étrangère. On aurait dit qu'elle venait d'en haut.

— Jason!

Il était au-dessus d'eux, dans la petite hune de l'avant. Elle ne pouvait distinguer ses traits mais c'était bien lui. Elle en eut la certitude à le regarder descendre de son perchoir. Tout devenait si compliqué que cela faisait presque mal. Jason avait embarqué sur la *Grande-Françoise* et revenait sur la *Belle-Rosamonde*. L'oncle Louis avait-il aussi manigancé cela? Il s'avançait vers elle, pieds nus, ce qui n'était pas son habitude. L'oiseau vint se percher sur son épaule. Ils demeurèrent face à face, maladroits. Catherine finit par avouer son désarroi.

— Il y a eu tant de choses depuis que tu es parti.

— Quoi par exemple?

La voix était presque railleuse. Elle poursuivit néanmoins.

— La peste au village. L'oncle Louis est mort... Les gens sont devenus fous de terreur. Alors nous sommes partis.

Jason se taisait, les sourcils froncés.

— Et toi? osa-t-elle.

Il prit son temps avant de répondre, caressant l'oiseau, lui offrant distraitement des graines qu'il grappillait dans le repli de sa ceinture. Il était étrangement vêtu, d'étoffes légères qu'elle ne connaissait pas. Ses yeux, qui glissaient sur elle sans s'y poser, contenaient eux aussi un étrange voyage.

— Là-bas, dans les îles, tu as trouvé quelque chose d'important… ?

Il soupira : elle seule était capable de ces fulgurantes intuitions.

— Oui. Je vous raconterai plus tard.

Il s'écarta, voyant arriver Jean Lebesque.

Catherine en profita pour se retourner vers Fabrizio ; celui-ci avait disparu.

— Tu es pieds nus ! s'étonna Jean.

— Je ne cache plus cette vieille blessure. Je lui dois la vie. Jean, sans le savoir, tu m'as sauvé une seconde fois.

La voix de Jason s'étranglait ; Jean lui ouvrit les bras. Catherine voulut s'éloigner mais Jason la retint.

— Catherine, qui est cet homme qui te serrait tout à l'heure ?

Elle rougit, prise au dépourvu.

— Il s'appelle Fabrizio… Je t'expliquerai.

— Pas la peine, c'est tout vu ! ricana Jason.

— Tu es mon frère. Je te le dirai quand même.

Il la dévisagea, surpris. D'où lui venait cette fermeté ?

Jean tenait toujours l'épaule de Jason. Il posa sa main libre sur celle de Catherine.

— Tu vois, Jason, elle a l'air fragile comme le jonc dans nos tempêtes d'automne, mais c'est elle seule, des Lebesque, qui a osé entrer dans une maison pestiférée pour aller chercher son oncle. C'est elle encore qui est montée lui porter un dernier adieu avant qu'il ne quitte le monde des vivants. La peste est la maladie la plus terrible que je connaisse...

Éperdue, Catherine regardait son père. Ainsi, il savait tout, même cette dernière entrevue. Étienne avait dû en parler au sire de Mauriencourt qui l'avait répété.

— Parfois le courage commence à notre porte, ajouta Jean Lebesque en guise de conclusion.

À côté d'eux, l'oiseau rouge passait son ongle dans son bec crochu, jacassant pour réclamer davantage. Déçu, il finit par s'envoler.

— Cet oiseau s'appelle un perroquet, précisa Jason pour faire diversion. Il est habituellement très bavard... mais pas autant que son maître... qui conte des histoires.

Il butait sur les mots. Comme ces retrouvailles étaient difficiles ! Jamais, il n'aurait imaginé trouver Catherine et Jean dans ce port étranger où la *Belle-Rosamonde* semblait prisonnière. Leur arrivée était presque aussi incongrue que s'ils avaient surgi là-bas, en Nouvelle-Grenade ! Et ce printemps normand, qu'il jugeait si monotone depuis ses lointaines aventures, s'était transformé en un enfer d'où Catherine était sortie vivante. Alors de quoi se plaignait-il ? Il réussit à lui sourire.

— Catherine, j'avais oublié que tu avais ce regard si clair. Tu comprends, là-bas, je n'ai vu que des yeux noirs.

Elle lui rendit son sourire.

— Pourquoi as-tu changé de bateau ? Tu t'es fâché avec Petit Louis ?

Il hocha la tête. Allait-elle deviner aussi le plongeon dans l'eau glacée et toute la suite ?

— Et vous, c'est le roi François en personne qui vous envoie m'accueillir ?

— Tu ne crois pas si bien dire ! s'exclama Jean en posant à nouveau le bras autour de ses épaules. Viens donc, tu nous raconteras la suite à la taverne.

***

Catherine fit quelques pas le long du quai à la recherche de Fabrizio. Elle le trouva assis sur un tonneau à discuter avec un petit homme mince qui portait le perroquet sur son poing.

— Est-ce vous qui racontez des histoires ?

— Chut ! fit Fabrizio.

Le conteur achevait le récit d'une époustouflante poursuite sur la mer bleue. Catherine s'assit pour écouter. À chaque mot, une image éclatait dans sa tête, et l'ensemble formait un tableau coloré, mouvementé, fascinant. Lorsqu'il se tut, elle le supplia de révéler ce que transportait le navire abordé mais l'homme fut inflexible. Fabrizio, en guise de remerciement, lui tendit le portrait du perroquet.

Le conteur mit la main sur son cœur :

— On me nomme le Courtois. Lui aussi, je l'ai gagné avec mes histoires ! observa-t-il en tendant le menton vers l'oiseau.

— Et sans doute d'autres récompenses ? s'enquit Catherine qui hésitait à offrir ses boucles d'oreilles pour un second récit.

L'homme eut un regard grave.

— Oui, demoiselle. La liberté.

Catherine fit une courbette respectueuse. Elle était sûre que cet homme disait la vérité. Puis elle ajouta :

— Je m'appelle Catherine ; je suis la sœur de Jason.

Le Courtois sauta sur ses pieds pour lui serrer les deux mains.

— La sœur de Jason, soyez la bienvenue… et messire aussi, qui est votre bien-aimé n'est-ce pas ?

Catherine sentit une grosse boule chaude lui monter dans la gorge. Puisque le Courtois le disait, cela devait être vrai, d'autant que Fabrizio ne démentait pas et plissait les yeux, attentif à la réponse.

Elle inspira profondément.

— Oui.

***

Quelques heures plus tard, Martin Roze était libre. Une fois encore, l'influence de Marguerite de Navarre avait fait merveille. Le président du Parlement de Bordeaux, à qui Gilles de Mauriencourt présenta la lettre signée de la main royale, était un catholique modéré qui ne cachait pas son admiration pour la sœur du roi François.

De retour à bord, le pilote, d'humeur sombre,

pestait contre ce royaume où la liberté de religion restait à conquérir.

— Il faut que je trouve une terre nouvelle où m'installer en paix et prier Dieu comme il me plaît avant que ces maudits Espagnols aient tout pris ! répétait-il d'une voix âpre.

Le soir venu, il se dérida cependant. Le sire de Mauriencourt avait fait livrer de la ville d'alléchantes victuailles et l'on dressa une table dans la chambre à cartes. L'équipage accueillit les truites glacées, le chapon en marinade et la poitrine de veau farcie avec de bruyantes exclamations, et le repas prit bientôt l'allure d'un festin. Le Courtois ne se fit pas prier pour relater en détail les différents épisodes de leur voyage. De temps à autre, Martin apportait une précision ou quelques anecdotes supplémentaires. Catherine en apprit tant que ses oreilles bourdonnaient. En même temps, son sang battait dans tout son corps parce que, sous la table, Fabrizio emmêlait ses doigts dans les siens.

Tour à tour, les marins se levaient pour prendre la garde auprès de la cargaison, comme ils l'avaient fait depuis leur arrivée à terre. À la fin du souper, les conversations tournèrent longuement autour du butin et des sommes qui reviendraient à chacun. Grâce au contrebandier que le Courtois avait connu en prison, une grande partie des perles avait été échangée contre de l'or avant la traversée du retour mais, dans la hâte du départ, personne n'avait compté la totalité du gain. À présent, l'heure était venue de faire le partage. Les nouveaux arrivants, en leur qualité de parents et amis, eurent l'honneur d'y être conviés, et on leur fit bien remarquer qu'il s'agissait là d'un rare privilège. Ils s'installèrent tous dans la cale où la lampe centrale se balançait doucement, ne parvenant pas à effacer les ombres des recoins. Sous le contrôle de Martin Roze, la cargaison fut divisée à la mode pirate, c'est-à-dire avec une parfaite équité. Selon l'usage, le pilote ainsi que le charpentier touchèrent un peu plus que les autres car leur responsabilité était plus lourde. Il fut également décidé qu'El Caquelon bénéficierait d'une gratification particulière parce qu'il avait découvert les émeraudes. Louis Lebesque et Gilles de Mauriencourt, qui avaient financé la construction de la *Belle-Rosamonde*, avaient aussi droit à leur part, proportionnelle aux sommes engagées.

— La part de Louis Lebesque revient de droit

à son frère Jean, ici présent, déclara solennellement Martin Roze.

Jean se vit donc attribuer une lourde bourse.

— Hormis quelques fûts de pois dont même les rats ne voudraient pas, il ne reste plus rien ! déclara le pilote.

— Attendez ! cria la Cogne qui remuait les derniers tonneaux dans l'obscurité, il y a là une petite caisse... Je vois pas ce que ça peut être.

— Elle est à moi, affirma Jason.

Il y eut un silence gêné. En matière de butin, on ne faisait pas de cachotterie sur un bateau pirate.

— Si ta belle Espagnole t'a aussi refilé ses bijoux, grogna la Cogne, j'ai idée que tu vas les partager avec nous.

— Je l'offre à Jean Lebesque, répliqua Jason.

La Cogne, qui venait de soulever la caisse d'une seule main, fit la moue.

— Bien trop léger pour des pierres précieuses !

Jason lui demanda d'ouvrir. Il fallut apporter une seconde lampe, tant le contenu parut intrigant : des sachets de cuir ou de toile soigneusement rangés et étiquetés.

Assis dans l'ombre, Jean Lebesque se taisait.

— Il y a des gribouillages sur les étiquettes...

J'y comprends rien ! grommela la Cogne. Jason, tu devrais venir lire ça.

Le jeune homme s'approcha de la lumière :

— Feuilles de maté pour activer les tempéraments dolents, écorce de *cinchona** contre les fortes fièvres, bois de gaïac contre le mal de Naples**...

Jean Lebesque venait de se lever. L'assistance le vit s'approcher de la caisse, saisir les sachets, les humer, faire bruire sous ses doigts les feuilles sèches qu'ils contenaient. Son visage éclairé par la lampe semblait figé comme du marbre.

Il se redressa enfin et se tourna vers Jason.

— Je ne sais pas si tu mesures la valeur de ce cadeau... Ces plantes de là-bas peuvent soigner des maladies qui nous terrassent ici et contre lesquelles nous, médecins, sommes impuissants. Grâce à toi, voilà sans doute un grand progrès devant nous...

— Il y a aussi des sachets de graines bonnes à germer, précisa Jason. Au prochain voyage, j'en rapporterai d'autres.

Les membres de l'équipage ne bougeaient pas. Ils concevaient difficilement qu'un trésor

* Quinquina ; on en extrait la quinine qui permet de soigner le paludisme.

** Ainsi nommait-on la syphilis au XVIe siècle.

pût être autre que d'or ou de pierreries mais ils avaient fini par apprendre que cet homme avait soigné le pied de Jason et ils lui témoignaient un grand respect.

Personne ne s'esclaffa lorsque Jean dut essuyer ses yeux embués par l'émotion.

Quant à Jason, il lui fallut s'expliquer : pendant les derniers jours à Tanaquahil, il avait questionné le chef indien qui lui vouait une profonde reconnaissance depuis qu'il avait sauvé un enfant. Avec l'aide de frère Vicente pour la traduction, ils rassemblèrent quelques plantes utilisées par le sorcier du village. Le vieil Indien s'étonna beaucoup que l'étranger blanc eût envie de rapporter ces herbes secrètes dans son pays, et Jason ne parvint pas à lui faire entendre que les conquérants, malgré leurs beaux navires et leurs armes à feu, se révélaient vulnérables devant la maladie.

Martin libéré, la *Belle-Rosamonde* pouvait repartir mais Jason voulait voir Léonora et mit dans sa requête tant d'obstination qu'un rapide aller et retour jusqu'à Nérac lui fut accordé. Le sire de Mauriencourt profita de ces quelques jours pour négocier avec les orfèvres de Bordeaux le prix des derniers sacs de perles.

***

Le surlendemain au milieu de l'après-midi, les voyageurs arrivant de Bordeaux sautèrent de cheval devant la petite maison. Ils avaient chevauché sans arrêt depuis le matin et Catherine n'en pouvait plus de respirer la poussière. Tandis que Jason, guidé par Jean, découvrait les lieux, elle marcha à tout petits pas vers la rivière et se laissa tomber sur une vieille souche qui lui servait habituellement de banc. Immobile, elle savoura son retour devant cette eau tranquille.

Lorsque Fabrizio la rejoignit, elle s'était assoupie. Il l'entraîna plus loin, là où le flot s'enfonçant sous les vertes ramures formait un bassin ombragé, piqueté de taches lumineuses. Ce fut lui qui plongea le premier. Catherine se déshabilla lentement, les membres lourds, hésitant à ôter sa chemise. Elle contourna un rocher pour se jeter dans l'eau à son tour et se laissa flotter, la tête en arrière. Peu à peu, la fraîcheur du bain l'enveloppa tout entière, apaisant les courbatures, lavant la poussière et la sueur, chassant l'odeur forte des chevaux. Le courant la poussait vers Fabrizio. Elle se laissa faire. Bientôt elle fut dans ses bras. Il l'aida à se relever et la contempla. Un moment, elle ferma les yeux pour garder en elle l'étrange force de ce regard. Mèche par mèche, il écarta ses cheveux ruisselants, jouant à arrêter des doigts les minces rigoles qui coulaient sur sa peau. À chaque geste, Catherine tressaillait. À chaque geste, il dénudait davantage ses seins. Dans quelques instants, il y poserait la bouche. Elle le savait, elle le voulait. Cela faisait longtemps qu'elle attendait la caresse de Fabrizio.

***

Avant de monter vers la salle où se tenait Léonora, Jason prit dans son bagage le portrait de doña Elvira. En entrant dans la pièce, il sentait les angles du tableau s'enfoncer dans ses paumes malgré le tissu épais qui le recouvrait. Léonora était assise près de la fenêtre, occupée à broder une chemise si fine que l'on devinait ses mains à travers le tissu léger.

— Léonora ! appela-t-il doucement.

Elle sursauta.

— Léonora, je débarque de la *Belle-Rosamonde*. Je reviens du Nouveau Monde, là où sont les Espagnols.

Effarée, elle voulut se lever; il lui fit signe de ne pas bouger. Elle avait l'air si fragile dès que l'on prononçait le mot «espagnol» qu'il se demanda s'il trouverait la force de continuer. À nouveau lui revint en mémoire son visage bouleversé lorsqu'elle criait : «Tu m'entends? Tu n'es pas mon fils! Je t'ai volé pour monter à bord. Je lui ai pris son enfant...»

Depuis deux ans, il vivait avec cette déchirure. Elle ressassait sa faute depuis presque vingt ans. Il était grand temps d'aller jusqu'au bout. Il commença à déplier la toile qui enveloppait le tableau.

— Tu vois, dit-il, je l'ai retrouvée et je suis venu te la présenter.

Léonora, pressentant un danger, pressait ses mains l'une contre l'autre comme pour implorer que la souffrance ne vînt pas.

Il posa le tableau sur la cheminée, en peine lumière, et attendit. Léonora poussa un gémissement; ses yeux hagards cherchèrent de l'aide. Immobile à côté d'eux, Jean se taisait.

Jason reprit la parole, articulant avec lenteur :

— La ville de Cartagena de los Indias était gouvernée par don Esteban de Ribañes. Je l'ai vu, je suis même allé jusqu'à sa chambre. Il ne m'a pas reconnu. Il aurait pu s'il avait levé les yeux sur moi, n'est-ce pas?

Léonora avait mis ses mains devant son visage. Ce fut Jean qui acquiesça de la tête.

— Ce tableau était accroché dans son cabinet de travail, poursuivit Jason, peut-être ne l'avait-il pas regardé depuis longtemps... Il est mort pendant l'été. Elle, doña Elvira, n'a jamais quitté l'Espagne. Elle n'a pas eu le temps de devenir vieille... Léonora, écoute-moi : sans doute a-t-elle souffert mais cela fait longtemps que c'est fini... et la vie noble des Ribañes à laquelle tu m'as arraché, je n'en veux pas ! Ma famille est ici. C'est cela que j'ai compris là-bas.

Il s'agenouilla devant elle.

— Mère, murmura-t-il, tu m'as élevé autrement et je te remercie pour cela ; je suis né fils d'un gouverneur et d'une noble dame espagnole, mais je porte le nom de Jean Lebesque et de Léonora, son épouse. C'est bien ainsi. Voilà ce que je voulais te dire avant de repartir.

Elle déglutit difficilement et parvint enfin à le regarder.

— Tu repars?

— Oui, après une escale au village pour mettre de l'ordre dans nos affaires. Ensuite, cap vers l'ouest à nouveau. Avec Martin Roze, le Courtois et la Cogne, nous cherchons une terre vierge, peut-être au nord des îles que nous avons abordées.

— Je crains, dit Jean, que tu ne trouves tes affaires en désordre. Au village, il n'est pas certain que la peste ait cessé, même si le retour du froid contribue à affaiblir la maladie... La maison de ton oncle, qui te revient par testament, a dû être saccagée. La fortune de Louis Lebesque faisait trop d'envieux pour que les pilleurs n'aient pas profité de la panique.

Jason haussa les épaules.

— Dans ce cas, nous monterons jusqu'à Dieppe. Martin Roze y est chez lui et dit que les audacieux battent la semelle sur les quais. On n'aura pas de mal à recruter un équipage.

Léonora posa sa main sur la tête de Jason.

— Jason, que Dieu te garde! Puisses-tu trouver dans ce monde une terre où tu te sentiras chez toi.

Il n'y avait rien à ajouter. Elle regarda une dernière fois le portrait de doña Elvira avant de se tourner vers Jean.

— S'il te plaît, viens. Marchons un peu dehors.

Jason resta seul devant le visage de cette

mère qui appartenait au passé. Il s'approcha de la fenêtre pour voir s'éloigner les deux silhouettes, Léonora appuyée sur le bras de Jean afin de retrouver l'équilibre après la bourrasque qui venait de la secouer.

***

Catherine avait les cheveux encore humides lorsqu'elle rentra à la maison. Jason était dans la salle, le front rouge d'émotion. Elle finit par remarquer le tableau posé sur la cheminée.

— La belle Espagnole dont parlaient les marins, c'est donc celle qui t'a mis au monde, observa-t-elle après un long silence.

C'était bouleversant de découvrir quelqu'un qui ressemblait à ce point à Jason. Aucune méchanceté dans ce visage mais une expression de lassitude accentuée par la lourdeur des paupières. Cette femme avait dû être une douce compagne pour Léonora, douce et un peu triste.

En levant les yeux, elle vit qu'il la fixait.

— Tu es devenue... une belle étrangère, souffla-t-il.

— Je suis ta sœur. Toi, tu vogues sur la mer et moi je me laisse apprivoiser par les rivières.

Des petits soleils éclataient partout en elle

au souvenir du grand emportement qui l'avait couchée sur la berge, tout à l'heure. Mais Jason avait l'air si désemparé ! Elle le serra dans ses bras, et il lui raconta sa rencontre avec celle qui l'avait mis au monde.

***

Ils reçurent deux jours plus tard une lettre, portée par Étienne, annonçant que la *Belle-Rosamonde* piaffait d'impatience. Le sire de Mauriencourt, suggérant un retour au pays par la mer, priait son épouse de venir le rejoindre à Bordeaux, accompagnée de Guillemette. Jason et Étienne leur serviraient d'escorte jusqu'à bon port.

En apprenant la nouvelle, Guillemette tempêta. Jamais elle n'aurait pensé que ses maîtres lui feraient connaître pareille horreur ; après avoir manqué la noyer dans la Garonne, voilà qu'ils allaient maintenant l'envoyer périr en mer ! La dame dut élever la voix pour la faire taire. Quant à Catherine, elle eut un petit pincement au cœur en réalisant que la dame de Mauriencourt s'apprêtait à regagner le village sur la *Belle-Rosamonde*. Puis elle chassa cette ombre jalouse en imaginant la volupté des mois à venir. Elle allait vivre quelque temps à Nérac avec ses parents. La reine de Navarre, ayant demandé à Jean Lebesque de veiller sur sa santé, avait proposé de les loger au château. Au château, dans la beauté, au milieu des livres et des fleurs, dans le sillage de Fabrizio…

***

La dame courut présenter ses derniers hommages à Marguerite de Navarre et revint en serrant son mouchoir sur son nez. Les deux amies avaient peu de chances de se revoir ; c'était donc un véritable adieu qu'elles s'étaient donné.

Le lendemain, Catherine se leva dans l'aube grise dès qu'elle entendit grincer la porte de l'écurie. Le départ étant fixé au lever du soleil, Étienne s'affairait déjà à seller les chevaux. Dehors, les senteurs d'automne emplissaient le petit matin et l'air avait perdu sa douceur estivale. Catherine caressa la jument qui repartait sans elle, lui chuchota quelques secrets à l'oreille puis laissa le valet achever les préparatifs. Jason la trouva adossée à la pierre froide, serrant son manteau sur ses épaules. Ils se blottirent l'un contre l'autre.

— C'est toujours moi qui pars ! soupira-t-il.

— Non, pas toujours.

Surpris, il redressa la tête ; les réponses de

Catherine n'étaient jamais celles qu'il attendait. Elle souriait néanmoins et lui pressa la main. Devant eux, Étienne chargeait les bâts sur les mules ; Guillemette apporta les derniers paquets. Enfin, la dame parut. Catherine s'avança vers elle et fit une lente courbette.

— Madame, je vous remercie pour tout ce que j'ai appris auprès de vous.

La dame eut un geste stupéfiant. Elle s'inclina, elle aussi, et déclara :

— Demoiselle Catherine, vous êtes une personne de grande qualité.

Puis elle effleura de ses lèvres le front de la jeune fille, qui l'entendit murmurer très bas :

— Au revoir, ma chérie.

Une fois qu'elle fut en selle, la dame se retourna encore.

— Catherine, tu seras la bienvenue à Mauriencourt aussi souvent que tu le souhaiteras, avec qui tu voudras.

Tout était prêt. On n'attendait plus que Jason qui était monté embrasser Jean et Léonora. Enfin le convoi s'ébranla. Les quatre cavaliers franchirent le pont avant de s'engager sur la route de Bordeaux. Lorsqu'ils eurent disparu, Catherine écouta longtemps les sabots ferrés marteler le sol et la voix d'Étienne houspillant les mules. Elle fut tentée de courir pour les apercevoir encore mais un bruissement dans l'épaisseur du manteau l'arrêta. Elle y avait glissé la veille le sachet de graines précieuses que Jason avait rapportées de la Nouvelle-Grenade. Son père venait de lui confier le soin de les faire germer, sans prendre le risque d'attendre le printemps prochain. Voyant son embarras devant la difficulté de la tâche, il avait proposé, mi-tendre mi-moqueur :

— Tu pourras prendre conseil auprès d'un jardinier expert !

Et elle avait rougi, une fois de plus.

***

Ainsi, ces graines venues de loin allaient prendre racine dans la terre de France. Malgré l'hiver, des plantes naîtraient, qu'il faudrait protéger du froid. Sous la conduite de Fabrizio, Catherine surveillerait leur croissance. Penchés sur ces pousses qui portaient tant de promesses, ils uniraient leurs efforts et leur bonheur. Leurs doigts entrelacés travailleraient la même terre…

À ce moment, le soleil émergeant derrière le coteau fit scintiller la rivière. Catherine ouvrit les bras. Dans quelques heures, il ferait bon.

Brigitte Coppin

C'est grâce à l'Histoire qu'elle a commencé à écrire parce qu'elle avait envie de trouver les mots justes pour raconter toutes ces vies si différentes des nôtres. Le Moyen Âge et la Renaissance, voilà ses deux époques préférées. Ici, ce sont les Grandes Découvertes qu'elle met en scène. Elle y associe ses plus beaux souvenirs d'enfance : la mer, la nature, les bateaux qui partent et qui reviennent...

Jean-Denis Pendanx

L'illustrateur de la couverture est né à Dax (dans les Landes) en 1966. Après des études d'arts graphiques à Toulouse et à Paris, il part quinze mois en coopération culturelle au Bénin. Dès son retour, il sa lance dans la bande dessinée et publie un album, *Diavolo*, avec Doug Headline (éditions Zenda, 1992). Puis il commence un série fantastique, *Labyrinthes*, avec Dieter et Le Tendre au scénario (4 tomes aux éditions Glénat, de 1993 à 1998).

CASTOR PLUS

Les grands courants du XVIe siècle

LES ESPAGNOLS ET L'AMÉRIQUE

Au début du XVIe siècle, les Espagnols s'installent dans les îles des Antilles dont la population indienne est vite décimée. Ils se tournent alors vers le continent américain. De 1519 à 1522 ils envahissent l'empire aztèque (Mexique) puis s'installent sur la côte de la Colombie actuelle. À partir de 1530, ils remontent les grands fleuves à la recherche du pays de l'Eldorado où ils croient pouvoir trouver de l'or à profusion.

La ville de Cartagena de Los Indias est fondée en 1532 et compte 800 habitants espagnols dès 1535. Elle est à la fois le point de départ des routes terrestres vers le Pérou et un port actif pour les galions reliant Espagne et le Nouveau Monde.

Vers 1550, la conquête est achevée mais il reste à organiser l'empire : un immense territoire où les colonies espagnoles, encore peu peuplées, sont à deux mois de navigation de la métropole. Très vite, les colons se sentent écrasés par la lourdeur de l'administration impériale qui garde pour elle et fait transporter vers l'Espagne un cinquième de tout ce qu'ils produisent (indigo, sucre, argent, perles, coton...).

Afin de limiter la fraude et les attaques de pirates, les galions sont impérativement regroupés en convois qui traversent l'océan deux fois par an.

Malgré les immenses trésors du Pérou, l'Amérique n'est pas le pays de l'or dont rêvaient les conquérants. En revanche, la montagne du Potosi au Mexique regorge d'argent ; ils y font creuser des mines où ils emploient des milliers d'Indiens dans d'atroces conditions de travail.

Chaque indien âgé de 14 ans et plus est obligé de verser un tribut et de fournir un service sous forme de corvées. Un grand nombre d'entre eux sont utilisés comme porteurs, jusqu'à épuisement car l'Amérique ne connait pas le cheval et les bêtes de somme importées par les Espagnols sont encore rares. Dépossédés de leurs terres, les Indiens travaillent également comme ouvriers agricoles dans des seigneuries appelées *encomiendas*. Enfin, les pêcheurs de perles le long de la côte sont soumis à un régime impitoyable et meurent en grand nombre. L'anéantissement des Indiens entraîne l'arrivée d'une autre main d'œuvre, jugée plus résistante : les esclaves d'Afrique noire.

La défense des Indiens

Horrifié par la condition des Indiens sous le joug espagnol, le prêtre dominicain Bartolomé de Las Casas (1474-1566) consacre sa vie à lutter contre les abus de colons sans jamais remettre en cause la présence espagnole en Amérique. Entre 1535 et 1540, il sillonne le Guatemala, le Mexique et le Nicaragua où il prend conscience de l'ampleur de l'esclavage indien. En 1542, il rédige pour le roi Charles Quint « La brève relation de la destruction des Indiens » dans laquelle il annonce le chiffre de douze millions de morts.

La réaction de Charles Quint est immédiate. À Valladolid s'ouvre une commission chargée d'écrire des « lois nouvelles » qui se résument en quatre dispositions : Abolition de l'esclavage indien, liberté du travail, liberté de résidence et libre disposition des biens, condamnation de la pêche aux perles.

Ces réformes rédigées en Espagne sont suivies

de peu d'effet sur place car la plupart des colons espagnols sont bien évidemment hostiles à l'action de Las Casas. Celui-ci, après avoir été nommé évêque de Chiapa (Mexique) est rappelé en Espagne en 1546. Cependant, son message fait le tour de l'Europe et de nombreux pays protestants hostiles à l'Espagne contribuent à amplifier encore ses propos, cherchant à dresser une image noire de la conquête espagnole.

Les premiers pirates

Dès le premier tiers du XVIe siècle, la France veut sa part dans le butin du Nouveau Monde. En 1541, François 1er prend officiellement possession du Canada et de Terre Neuve, riches en fourrures et en poissons... mais c'est plus au sud que sont les véritables richesses. Depuis 1500 et même avant, des bateaux normands et bretons commercent avec les indigènes du Brésil, d'autres rôdent aux Antilles. Des marins de Dieppe, Honfleur ou Bayonne y achètent des denrées rares, des épices... ou bien les volent. Certains s'installent sur place et trafiquent avec les contrebandiers espagnols. En 1543, des pirates français vont jusqu'à saccager les possessions espagnoles de Santa Marta et Cartagena

(Colombie actuelle). Ces aventuriers ont le plus souvent des alliés dans les villages indiens de la côte et leurs barques légères sont tellement plus rapides que les lourds galions!

Après 1556, sous le règne de Philippe II, fils de Charles Quint, la guerre de course se double d'une guerre de religion car de nombreux pirates protestants sont révoltés contre la politique ultra catholique de Philippe II. Aux Pays-Bas comme en Angleterre, une idée tenace se fait jour : couper la route du Nouveau Monde aux galions espagnols.

La réplique catholique est parfois sanglante. En 1564, une petite colonie française protestante installée en Floride meurt, massacrée par un amiral espagnol.

Catholiques et Protestants

Dès le début du XVIe siècle, bien des chrétiens ont conscience du malaise qui étouffe l'Église : les évêques ne résident plus dans leur évêché; les prêtres n'enseignent plus l'Évangile; le pape et les prélats, vivant dans un luxe extrême, s'enrichissent grâce aux commerce des indulgences : la promesse d'aller au paradis en échange d'une somme d'argent.

En 1517, un moine allemand, Martin Luther (1483-1546), prend parti contre la vente des Indulgences ; il refuse les sacrements, traduit la Bible en allemand pour la rendre accessible à tous et rejette bientôt l'autorité du pape. En 1521, il est banni de l'empire et excommunié mais il est devenu l'homme le plus populaire d'Allemagne car sa révolte correspond aux aspirations d'un grand nombre : les bourgeois avides de liberté, le petit peuple misérable et certains aristocrates jaloux de la toute puissance des évêques. Le mouvement se répand en Europe (Angleterre, Pays-Bas...). En 1534, en France, des protestants collent des affiches hostiles à l'Église sur les murs des grandes villes et jusque sur la porte de la chambre du roi. La répression commence. Un arrêt interdit les prédications contre les sacrements religieux ; une liste des livres censurés est dressée et les imprimeurs sont surveillés.

A partir de 1543, François 1er donne plus de pouvoir aux parlements, chargés de rendre la justice, qui procèdent à des arrestations et commandent des exécutions publiques. En 1545, celui d'Aix en Provence organise le massacre des Vaudois, alliés aux protestants.

A la mort de Luther en 1546, le mouvement protestant passe sous l'autorité du français Jean

Calvin (1509-1564) installé à Genève qui accueille des milliers de réfugiés, étend son influence sur toute l'Europe et devient la Rome du protestantisme.

En France, la tension ne cesse de monter. Au sein de la cour royale, les opinions sont partagées entre les Huguenots et la ligue catholique dirigée par la famille de Guise. Le conflit se transforme en guerre civile à partir de 1562 et aboutira au massacre de la Saint Barthélemy (24 août 1572) où 4000 protestants trouvent la mort à Paris. Il faut attendre 1593 pour voir le roi Henri IV, d'origine protestante et petit fils de Marguerite de Navarre, réussir à rétablir l'unité du royaume.

MARGUERITE DE NAVARRE

Marguerite de Navarre est le seul personnage historique réel de ce roman. Sœur aînée de François 1er qu'elle aime passionnément, elle est considérée comme la première dame de France et joue un grand rôle politique pour apaiser maints conflits entre son frère François et Charles Quint d'Espagne

En 1527, à l'âge de 35 ans, elle épouse le roi de Navarre et fait de la cour de Nérac, où elle séjourne régulièrement, un foyer de culture et de tolérance. Très savante, elle connait le grec, le latin et l'hébreu et sa bibliothèque fourmille de textes littéraires ou religieux. Dès 1530, elle rassemble auprès d'elle de nombreux érudits passionnés de théologie, ouverts aux idées nouvelles et conscients que l'Église catholique a besoin de réformes. En 1534, Jean Calvin fait escale à Nérac avant de gagner Genève. Un peu plus tard, le poète Clément Marot, poursuivi pour ses convictions protestantes, trouve auprès de Marguerite un asile « plus doux que la liberté ».

À partir de l'été 1546, vieillissante, la reine de Navarre se retire définitivement au château de Nérac, dont une aile parée d'une élégante galerie subsiste encore. Refusant le luxe, elle y vit simplement, entourée de ses proches amis. C'est dans ce cadre qu'elle écrit l'Heptaméron, un recueil de contes empreints de morale sur la société de son temps.

Très affectée par la mort de François 1er en 1547, elle s'éteint à son tour deux ans plus tard.

La peste

Chacun connait la terrible épidémie qui a ravagé l'Europe de 1347 à 1351, tuant au moins 25% de la population. On oublie que la maladie, loin d'être éteinte, réapparaît régulièrement jusqu'au XVIIIe siècle, la dernière attaque se situant à Marseille entre 1720 et 1722.

En 1546, la Normandie est à nouveau touchée. À cette époque, personne ne comprend les mécanismes de la contagion car personne ne met en cause la piqûre de puce portée par les rats noirs côtoyant les habitations humaines. Le premier signe est le charbon : la piqûre de puce contaminée forme un bouton noir, à ne pas confondre avec le bubon qui indique l'infection des ganglions dans le cou, sous les aisselles ou dans l'aine. Forte fièvre, migraines, vomissements, diarrhées et hémorragies sont les symptômes de cette maladie contre laquelle les médecins ne peuvent rien. Pensant que le mal se transmet par l'haleine, ils approchent les malades protégés par des masques à becs d'oiseau contenant des parfums (cannelle, ambre, aloès, romarin).

Sous peine d'amende, il est obligatoire de déclarer chaque nouveau cas de maladie. Des officiers de santé ou les curés sont chargés de tenir les registres. De manière préventive, les familles contaminées et les suspects sont isolés pendant 40 jours dans des conditions souvent épouvantables mais cette quarantaine, aussi inhumaine soit-elle, a sans doute contribué à éloigner la maladie.

Ceux qui le peuvent fuient et l'on assiste parfois à de véritables exodes.

Ceux qui restent, par courage ou faute d'argent, prient les saints « anti pesteux » comme saint Sébastien ou saint Roch car la plupart croient fermement que la peste est un fléau envoyé par Dieu. De là à chercher des boucs émissaires, il n'y a qu'un pas… vite franchi. On arrête et l'on persécute les « boutepeste » que l'on accuse d'alliance avec le diable. N'oublions pas que le XVIe siècle est aussi celui de la chasse aux sorcières ! Les Juifs sont souvent accusés de porter la maladie et condamnés au bûcher ; ce fut le cas à Elbeuf (Seine Maritime) au siècle suivant. Enfin, pour obtenir le pardon de Dieu ou pour le remercier de les avoir épargnés, les valides partent en pèlerinage et les routes vers Saint-Jacques de-Compostelle connaissent un regain de faveur.

La lente évolution de la médecine

La Renaissance est aussi une époque de découvertes en pharmacie. Depuis des siècles, les humains se soignaient par les plantes, utilisées en tisanes, onguents ou cataplasmes, mais aucune classification botanique n'existait. La première chaire de botanique est fondée en 1533 à l'université de Padoue, se donnant pour mission de « réparer les erreurs passées et de sauver des vies humaines ». Au milieu du siècle, la grande nouveauté est d'ouvrir les jardins botaniques aux étudiants en médecine. Jusqu'alors, les médecins puisaient leur savoir uniquement dans les livres et se gardaient bien de toute observation expérimentale. Pour étudier les plantes pendant l'hiver, on préconise la confection d'herbiers que l'on expédie à travers l'Europe afin de faire circuler le savoir. Ainsi naît un vaste réseau de collaboration internationale autour des plantes médicinales.

Dans le même temps, des plantes inconnues arrivent en Europe. Les épices d'Extrême-Orient sont vendues chez les apothicaires pour leurs vertus digestives ou tonifiantes. On découvre les effets de la térébenthine contre la toux, ceux du citron contre le scorbut, la rhubarbe et l'aloès comme purgatifs.

En Espagne, le médecin Monardès (1493-1588) reçoit les premières cargaisons de plantes médicinales venues d'Amérique parmi lesquelles le tabac supposé chasser les douleurs articulaires, l'écorce de cinchona qui combat la fièvre, la salsepareille qui désinfecte...

À ces courants novateurs, s'oppose celui de l'Église affirmant que les humains doivent se contenter des plantes que Dieu a disposé dans chaque pays.

Cependant, certains religieux avides de connaissances franchissent cet interdit. Ainsi, dans le collège franciscain de Santa Cruz (Mexique), un certain frère Martin rédige une étude sur la médecine pratiquée par le peuple aztèque...

Pour plus d'informations sur les grandes découvertes, la médecine et l'Inquisition, on pourra se reporter au Castor Plus qui accompagne le « Le quai des secrets ».

Sur la Renaissance en général, lire du même auteur « Léonard et cinq génies de la Renaissance » Castor Poche Flammarion.

Cet
ouvrage,
le huit cent
quatre-vingt-quatrième
de la collection
CASTOR POCHE,
a été achevé d'imprimer
sur les presses de l'imprimerie
Maury Eurolivres
Manchecourt - France
en juillet 2002

Dépôt légal : août 2002.
N° d'édition : 1442. Imprimé en France.
ISBN : 2-08-16-1442-1
ISSN : 0763-4544
Loi n° 49-956 du 16 juillet 1949
sur les publications destinées à la jeunesse